LOCUS

LOCUS

mark

這個系列標記的是一些人、一些事件與活動。

mark 177
救生艇上的陌生人
作者：米奇．艾爾邦（Mitch Albom）
譯者：吳品儒
責任編輯：潘乃慧
封面設計：許慈力
校對：聞若婷
出版者：大塊文化出版股份有限公司
www.locuspublishing.com
台北市105022南京東路四段25號11樓
讀者服務專線：0800-006689
TEL：(02) 87123898　FAX：(02)87123897
郵撥帳號：18955675
戶名：大塊文化出版股份有限公司
法律顧問：董安丹律師、顧慕堯律師

總經銷：大和書報圖書股份有限公司
地址：新北市新莊區五工五路2號
TEL：(02) 89902588　FAX：(02) 22901658
初版一刷：2023年1月
定價：新台幣380元
Printed in Taiwan

救生艇上的陌生人

The Stranger in the Lifeboat

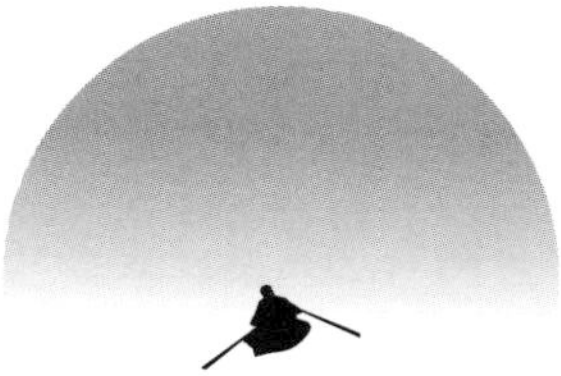

Mitch Albom
米奇・艾爾邦——著
吳品儒——譯

獻給潔寧、翠莎、康妮，
妳們每天都向我展示相信的驚人力量。

1

海洋

這名男子被我們從水中拉上來的時候，身上連擦傷也沒有，這是我第一件注意到的事情。除了他以外，我們每個人身上都布滿了瘀青和撕裂傷口，這名男子卻毫髮無傷。他橄欖色的皮膚看起來很光滑，一頭濃密黑髮因為泡過海水，糾纏打結。他上身赤裸，沒有特別結實的肌肉，年紀二十出頭，淡藍色的眼珠，彷彿熱帶度假勝地的海水般湛藍；不像眼前這片灰暗、無邊無際的海水，包圍這艘過度擁擠的救生艇。海水就像一座敞開的墳墓等著我們。

親愛的，請原諒我下筆如此絕望，「銀河號」船難發生以來已經過了三天，還沒看見有人來搜救。我盡量保持樂觀，相信救援一定會到來，但現在飲水和食物開始短缺，還有人看見鯊魚，小艇上許多人都流露出放棄的眼神。「我們死定了」這句話，一直有人掛在嘴邊。

如果真是如此，如果我命該絕，安娜貝爾，我要把船上發生的事情寫在筆記本上告訴妳，希望我離開後，妳有機會看到我的紀錄——有一件事，我想告訴妳，想要告訴整個世界。

可以下筆的地方很多，例如那天晚上我人為什麼會在銀河號上。我也可以寫多比的計畫，或者寫遊艇爆炸後，我心中萌生的深切愧疚感，儘管我並不清楚爆炸經過。不過，現在故事一定要從今天早上寫起，也就是我們把年輕陌生人從海上拉起來的那一天早晨。他沒有穿救生衣，我們看到他在海上載浮載沉時，他沒有抓住任何攀附物。上船後，我們讓他歇口氣，大家從艇上各自棲息的角落一一向他自我介紹。

船主蘭伯特第一個開口：「我是傑森．蘭伯特，也是銀河號的所有者。」之後，高個子英國人奈文語帶歉意表示自己失禮了，沒辦法起身歡迎致意；當初船隻下沉，他趕著逃難，割傷了腿部。輪到潔瑞時，她只是點點頭，捲起用來把男子拉上救生艇的繩索。亞尼斯無精打采地和陌生男子握手，妮娜低聲說了「嗨」。來自印度的藍格哈里女士沒說話，看來她對陌生人懷有戒心。海地廚師尚・菲利浦微笑說道：「歡迎你啊，兄弟。」一邊說、一邊單手摟著妻子貝娜黛特的肩頭，船隻爆炸讓她負傷，我想傷勢一定很嚴重。還有一個叫愛麗絲的小女孩，打從她攀著甲板瞭望椅漂過來的那天，就沒聽見她開口說話。

最後一個介紹的是我。「我是班傑明，綽號小班。」不知為何，我講起話來竟然有點吃力。

大家等著陌生人自我介紹，但他只是看著我們，眼神水汪汪的。蘭伯特說：「他可能還在驚嚇中。」奈文大吼：「**你泡在海裡多久啦**？」他可能以為大聲說話能讓陌生人回過神來。年輕男子沒有回話，妮娜拍拍他的肩膀說：「總之，感謝神讓我們發現你。」

聽到這裡，男子終於開口。

他聲音很輕。「我**就是**神。」

陸地

督察摁熄了菸，椅子發出吱嘎聲響，蒙特塞拉特氣溫高，從早上開始就很熱了。上了漿的白襯衫貼著他汗濕的後背，宿醉引起的頭痛讓太陽穴跟著抽動。督察看著瘦削的蓄鬍男子，對方先是造訪了警局，這會正等著督察到來。

督察說：「請把事情經過再說一次。」

當時是週日，電話打來時，督察還躺在床上。電話中的人解釋，**一名男子來到警局，說他找到之前爆炸失事的美國遊艇的救生艇**。督察暗自咒罵一聲。妻子派翠絲咕噥一聲，翻了個身。

「你昨天晚上多晚回來？」她問得很小聲。

「很晚。」

「很晚是多晚？」

督察沒有回答，起身著裝。他泡了即溶咖啡，倒進保麗龍杯子裡，臨出門前大拇趾踢到了門框，現在還在痛。

「我是加提．盧福勒。」督察打量與他隔桌對坐的男子。「我是這座小島的總督察，你是……」

「羅姆。」

「羅姆……你總該有姓吧？」

「有的，督察。」

盧福勒嘆氣。「那麼你姓什麼？」

「羅許。」

盧福勒寫下資料，又點了一根菸。他按摩自己的頭，需要吃個阿斯匹靈止痛。

「羅姆，你找到一艘救生艇。」

「是的，督察。」

「是在哪裡找到的？」

「瑪格麗塔海灣（Marguerita Bay）。」

「時間是？」

「昨天。」

盧福勒抬頭望向羅姆，對方卻看著盧福勒桌上的照片。照片中，他和派翠絲把女兒放在海灘巾上，像吊床那樣甩著玩。

羅姆問：「這是你的家人？」

「不准看。」盧福勒打斷他的問題。「看我就好。那艘救生艇，你怎麼知道是來自銀河號？」

「就寫在裡邊。」

「而你剛發現小艇被沖上海灘？」

「是的，督察。」

「上面沒人？」

「沒有，督察。」

盧福勒滿身大汗，他把桌扇拿過來，眼前男子的說詞頗為可信。北岸總會漂來各式各樣的東西，行李箱、降落傘、毒品、集魚裝置等物品，都可能被海流捲走，在北大西洋上漂流。

海流帶來什麼都不奇怪，但銀河號的救生艇？這可是件大事，豪華遊艇銀河號去年在西非海岸維德角外五十哩處沉船。這起事件成了全球頭條，主要是因為船上滿載世界知名人士和富豪，結果所有人都下落不明。

盧福勒坐在位子上，前後晃動身體。**救生艇不會自動充氣**，但現在它被發現時卻充得飽飽的。看來相關單位的調查都錯了。或許這起船難有人生還，就算存活時間不長。

「好吧，羅姆。」盧福勒把菸摁熄。「一起去看看吧。」

海洋

「我**就是**神。」

親愛的，妳聽到這句話會說什麼呢？要是在一般情況下，妳應該會大笑或開玩笑。**喔，你是神啊**？**可以請我喝酒嗎**？但我隻身一人在大海中，又渴又疲憊，老實說，聽到這句話，我全身不對勁。

妮娜壓低嗓子問：「他說什麼？」

蘭伯特很不屑地說：「他說他是**神**啦。」

亞尼斯問：「呃，神，你有名字方便我們平常叫你嗎？」

「我有許多名字。」陌生人的聲音平靜但嘶啞，接近破嗓的程度。

「你游泳游了三天？」藍格哈里女士插嘴：「這怎麼可能？」

潔瑞說：「她說得有理。現在水溫華氏六十七度（約攝氏十九度），你沒辦法在海中存活三天的。」

潔瑞是救生艇上水性最好的人，年輕時是奧運游泳選手。她說起話來頗具權威，簡短又有自信，讓人不敢提出蠢問題。大家聽到她的聲音都會振作起來。

奈文又大吼：「**你是攀著什麼漂過來的嗎**？」

亞尼斯說：「奈文啊，看在基督的份上別吼了，他聽得見。」

當亞尼斯提到基督時，陌生人瞥了他一眼。亞尼斯遮住自己的嘴，像要把話塞回去似的。

蘭伯特問：「先生，你到底發生了什麼事？」

他回：「我來了。」

妮娜問：「你**為什麼**要來？」

「你們不是一直呼喚我嗎？」

大夥面面相覷。漂流到現在，大家都一臉慘樣，臉被太陽曬出水泡，衣服被海水泡過，變得硬梆梆的。站起來的時候，總往其他人身上摔；救生艇內部散發著橡膠、黏著劑及嘔吐物的氣味。沒錯，不管是第一晚被海浪拍打得暈頭轉向，或是後來望著空曠的海岸線發呆，大部分的人都曾祈求神意降臨。**神，求求祢啊……神，救救我們吧**。所以這個人才會出現嗎？所以他才會說，**你們不是一直呼喚我嗎**？安娜貝爾，妳知道我大半輩子的信仰反反覆覆。從前，我和許多愛爾蘭孩子一樣，小時候當過輔祭，信仰虔誠。但是我已經多年不去教堂了，因為我母親和妳都發生了那樣的事情。我得到的撫慰太少，失望卻太深。

我可從來沒想過，要是我呼喚神，而祂真的出現在我面前，我會做些什麼。

陌生人問：「可以給我一點水喝嗎？」

「神也會口渴？」蘭伯特笑了。「真是太妙了，還想來點什麼嗎？」

「來些吃的不錯。」

「搞什麼東西！」藍格哈里女士發牢騷：「這個人在玩把戲吧。」

「不是！」妮娜突然提高音量，臉孔像鬧彆扭的小孩一樣扭曲。「讓他把話說完。」她急急忙忙轉向他。「你是來拯救我們的嗎？」

他的語氣轉為柔和。「必須所有人都相信我說的話，我才能拯救你們。」

誰也沒有後續動作。只聽見海浪拍打小艇側邊的聲音。最後，潔瑞懶得認真討論這種事情，像小學老師般、一臉厭煩看著大家。

「老兄，你想救我們的時候就說一聲。在那之前，我們最好調整一下食物分配的比例。」

新聞

記者：記者瓦萊麗．柯提茲目前在傑森．蘭伯特的壯觀遊艇銀河號上。這位億萬富翁邀請全球知名人士進行為期一週的海上冒險，他現在就在記者旁邊。您好，傑森。

蘭伯特：歡迎，瓦萊麗。

記者：您把這場盛會稱為「絕想盛宴」。為什麼呢？

蘭伯特：因為這艘船上的每個人都是成就非凡，各個業界、國家，乃至於整個地球如今的樣貌都是由他們所形塑。這些人包括科技、商業、政壇、娛樂圈的領導人物，他們都有絕妙的想法。

記者：他們都是像您這樣的推手。

蘭伯特：這我就不敢說了。

記者：您為什麼要讓大家聚在一起？

蘭伯特：瓦萊麗，這可是一艘價值兩億美元的遊艇。大家應該會在船上度過美好的時光！

記者：那還用說！

蘭伯特：不，說真的。有創意的人需要和同類相處，互相激盪，改變世界。

記者：所以這就像是瑞士的達沃斯「世界經濟論壇」？

蘭伯特：對。但我們更有趣，而且還辦在水上呢。

記者：您希望這次旅行能激盪出很多偉大的想法嗎？

蘭伯特：沒錯。再加上一些回味無窮的宿醉。

記者：宿醉？

蘭伯特：瓦萊麗，生活沒有派對該怎麼過呀？我這問得有理吧？

海洋

蘭伯特吐了。他趴跪在小艇船舷上嘔吐，肥胖的肚腩把T恤撐得鼓鼓的，露出一截肚皮，肚臍周圍毛長得很密。有些嘔吐物被風吹回他臉上，他又哀了一聲。

太陽下山了，海面起伏不定，其他人也是病懨懨的。狂風吹拂，或許等一下會下雨。自從船沉後都沒下過雨。

回顧這幾天的心情，第一天早上，我們還滿懷希望。儘管發生意外讓我們很震驚，但能活下來依然讓人充滿感激。十個人擠在救生艇上，不時說著搜救飛機的跡象，然後看看海平面。

「這裡有誰已經當父母了？」藍格哈里女士突然開口，好像坐車坐累了，想玩遊戲。「我自己有兩個小孩，他們都長大成人了。」

奈文說：「我有三個小孩。」

蘭伯特說：「我有五個，我贏了。」

奈文酸他：「那你有幾個老婆？」

蘭伯特說：「誰叫你問這個？」

亞尼斯說：「我一直很忙。」

妮娜說：「我還不急。」

藍格哈里女士問：「那妳有老公嗎？」

「我需要嗎？」

藍格哈里女士笑了。「哈哈，我需要！反正妳看起來也不缺人選。」

「我們有四個兒子。」尚．菲利浦得意地說。他按著沉睡中的妻子肩頭。「小黛和我有四個好兒子。」尚．菲利浦轉過來問我：「小班，你有幾個孩子？」

「我沒有小孩。」

「那你有太太嗎？」

我猶豫著，思索回答。

「有。」

「那就好。回家後就開始努力吧！」

尚．菲利浦露出開朗的笑容，大家也跟著笑了，氣氛稍微熱絡起來。但隨著時間過去，風浪愈來愈大，大家開始暈船。到了晚上，所有人心情都變了，好像我們已經在海上漂流了一週。還記得那時候，愛麗絲靠在妮娜的大腿上睡著了，妮娜的臉上布滿淚痕。她哀泣問道：「要是他們**找不到**我們，該怎麼辦？」藍格哈里女士握住她的手。

對呀，該怎麼辦呢？我們沒有指南針，所以潔瑞用星象判斷我們的航行軌跡，推斷救生艇應該是往西南方移動，從維德角往無邊無際的大西洋漂去了。這可不妙。

在船上，為了避免直接曝曬，我們長時間躲在撐開的帆布下，遮蔭面積超過半個小艇。由於空間有限，大家緊緊挨著彼此，衣不蔽體，身上流汗又發臭，眼前的情況和銀河號天差地別。我們有些人本來是乘客，有些人是船工，但如今處境一模一樣——半裸著身子，心生恐懼。

「絕想盛宴」將所有人聚在一起，這全是蘭伯特的主意。他跟受邀的賓客說，大家上船是為了改變世界，這套說法我從來不信。您瞧瞧這遊艇的規模，好幾層樓的格局，船上還有游泳池、健身房、舞廳。這陣容才是蘭伯特希望他們記住的。

至於妮娜、小黛、尚．菲利浦和我，我們船工又是怎麼想的呢？我們在船上僅僅是服務機器罷了。我為蘭伯特工作了五個月，以前從來沒有哪份工作讓我覺得自己宛如透明人。船上員工禁止和賓客眼神接觸，我們也不能在客人面前進食，然後蘭伯特又為所欲為，老是衝進廚房徒手捏菜起來吃。他吃東西的時候，嘖嘖作響，員工都低下頭來。從閃閃發亮的戒指到身上肥胖的三層肉，蘭伯特全身上下，無一處不散發貪婪的氣質。難怪多比想要蘭伯特去死。

我的視線從蘭伯特的嘔吐物移開，看看新來的人怎麼了。他睡在遮陽帆布外面，嘴巴微張。雖然他自稱是神，但他實在貌不驚人——眉毛濃厚，臉頰有點鬆垮，下巴寬，耳朵小，耳殼有一部分被濃密的黑髮蓋住。昨天聽到他說，**我來了……你們不是一直呼喚我嗎**？坦白說，我還有一點膽顫。但後來潔瑞分配食物時，他接過花生夾心餅乾，嗶的一聲撕開包裝，火速將餅乾吞下肚，吞食速度之快，我真怕他噎到。好奇怪，神會餓成這樣嗎？應該不是因為花生夾心餅乾太好吃吧？

他的出現讓我們騷動不已。稍早趁他入睡時，大夥兒小聲討論他的來歷。

「他會不會是精神錯亂？」

「當然是啊！一定是敲到頭了。」

「怎麼可能游泳游三天都沒事？」

「男子在水中游泳的最長紀錄是多久？」

「我記得有個男的連續游了二十八個小時。」

「還是不到三天呀。」

「他真以為自己是**神**喔？」

「他沒穿救生衣欸！」

「搞不好他是從其他艘船過來的。」

「要是有其他船，我們也會看到啊。」

最後妮娜說話了。她來自衣索比亞，是船上的造型師。她的顴骨高聳，黑色鬈髮線條流暢，即便在海上漂流，她的外觀依然保有幾分優雅。「都沒有人要相信那個可信度最低的說法嗎？」

亞尼斯問：「什麼說法？」

「他說的是實話，他在我們最需要的時候來了。」大夥你看我，我看你。蘭伯特笑出聲來，笑聲低沉且充滿輕視。「沒錯！他符合我們想像中神的形象。他像海帶一樣漂過來，我們還得把他拉到救生艇上。拜託，你看看他那副德性，簡直像個從衝浪板摔落的海島野孩子。」

大家聽了不禁變換姿勢，誰也沒多提什麼。我抬頭望著天空中碩大的蒼白月亮。有些人真的相信了？相信新來的陌生人就是神的化身？

我只能代表自己發言。

那就是我不相信。

陸地

盧福勒開車載著名叫羅姆的男子，前往島嶼北岸。他想要聊天，但羅姆總是答得有禮而短促，例如：「是的，督察。」「不是的，督察。」盧福勒望向副座的置物箱，裡面放了一小瓶威士忌。

盧福勒問：「你住在聖約翰附近嗎？」

羅姆微微點頭。

「你都去哪晃？」

羅姆愣愣看了他一眼。

「『晃』就是出去玩呀。和朋友出去玩？」

對方沒有回應。車子經過蘭姆酒店，還經過門窗被木板封住的迪斯可舞廳兼咖啡店。只見土耳其藍的條紋門已經鬆脫，兀自晃動著。

「衝浪！那你衝浪嗎？去布蘭斯比角（Bransby Point）或特蘭斯灣（Trants Bay）？」

「我不是很喜歡水。」

「開玩笑嗎？老兄。」盧福勒笑了。「你住在島上欸！」

羅姆直直望向前方，督察放棄聊天的念頭，再拿出一根菸來抽。他從降下的車窗望向後方的山脈。

二十四年前，蒙特塞拉特的蘇弗里耶爾火山（Soufrière Hills）在沉眠數百年後大爆發，小島南岸接受了火山灰和火山泥的洗禮，導致蒙特塞拉特的首都被摧毀，機場遭岩漿吞沒。後來火山的煙霧散去，整個國家的經濟也隨之湮滅。三分之二的島民在一年內逃到國外，幾乎都去了英國，因為英國政府給予島民緊急公民身分。二十幾年後，南岸依然杳無人煙。這裡是被火山灰覆蓋的無人區，只有荒廢的小鎮和別墅。

盧福勒看了羅姆一眼。他在輕輕敲打車門門把，敲打聲令人煩躁。盧福勒這時想打電話給派翠絲，跟她道歉，因為早上出門實在走得匆忙。結果盧福勒只是伸手往羅姆胸前的置物箱探去。「不好意思。」他打開箱門，取出威士忌小扁壺。

他問：「你也要喝嗎？」

「不用了，謝謝督察。」

「你不喝酒啊？」

「不喝了。」

「為什麼呢？」

「以前喝酒是為了忘記事情。」

「結果？」

「愈喝愈清醒。」

盧福勒愣了一下，灌下一大口威士忌。車子繼續開，他們在沉默中前進。

海洋

親愛的安娜貝爾——

那個「神」沒有拯救我們。他沒有展現神蹟，幾乎不行動，話也不多。他顯然只會消耗我們的糧食，在船上占空間。

今天風浪又變大了，我們都擠在帆布底下，膝蓋碰著膝蓋，肩挨著肩。藍格哈里女士坐在我旁邊，新來的陌生人坐在另一邊。有時候我會碰觸到他，他的皮膚感覺和我的沒什麼不同。

「神啊，別鬧了，請你老實點。」蘭伯特說，指著新來的。「你當初怎會登上銀河號？」

他說：「我沒有啊。」

潔瑞問：「那你怎麼會落海？」

「我沒有落海。」

「那你在海裡做什麼？」

「來找你們。」

大夥面面相覷。

「我來整理一下目前的情況。」亞尼斯說：「神決定從天而降，游到這艘救生艇上，開始跟我們說話？」

「我一直在跟你們說話。」男子答覆：「現在則是來到船上聆聽。」

我問：「聽什麼呢？」

「好了啦！」蘭伯特怒斥：「我看你很懂嘛。那你說說我那艘**該死的遊艇**到底發生了什麼事？」

男子面露微笑。「你為什麼要這麼氣呢？」

「船都沒了，我能不氣嗎？」

「你現在也是在船上啊。」

「這艘和我那艘可不一樣！」

「說得也是。這艘沒沉。」

亞尼斯聽到這裡噗哧一笑，引來蘭伯特怒目而瞪。

「怎樣？就很好笑啊。」

藍格哈里女士失去耐性，深深嘆了一口氣。「不要再鬧了好嗎？你說說看搜救飛機在哪？只要你告訴我們，我馬上向你禱告。」

我們等他回覆，但他只是坐在那裡，裸著上半身，面帶微笑。剛才的搞笑氣氛頓時消失。藍格哈里女士的發言讓大家想起來，即使新來的怪人暫時轉移焦點，我們依然是無助的漂流者。

蘭伯特咕噥：「誰要向他祈禱啊？」

新聞

記者：我是記者瓦萊麗．柯提茲，目前在億萬富翁傑森．蘭伯特的銀河號上。觀眾可以看到雨正下著，所以我人躲在室內，不過歡樂氣氛依舊，現在是絕想盛宴的第五個晚上，也是最後一晚。

主播：今晚有什麼特別活動嗎？

記者：船上賓客參加了一場討論會。主講者有前任美國總統、世上第一輛電動車的設計者、三大搜尋引擎的創立者。這是世界巨頭們首度同台。

主播：後面的音樂聲是……

記者：是，主播。觀眾朋友或許還記得之前提過船上有停機坪，船上賓客都是搭乘直升機來來去去。今天稍早，知名搖滾樂團Fashion X才搭直升機過來登台表演，就在記者背後的舞廳裡。這首應該是他們的主打歌〈倒塌〉。

主播：哇，真的很厲害。

記者：的確，等表演結束，還有——

（巨大聲響，畫面搖動）

主播：瓦萊麗，發生什麼事？

記者：不知道，請稍等——

（再度傳來巨響，記者跌倒）

記者：天啊！有人知道剛才——

主播：瓦萊麗？

記者：有東西剛才撞了上來……（**雜訊**）……聽起來像是……（**雜訊**）……看看在哪裡……

（再度傳來巨響，畫面消失）

主播：瓦萊麗？妳還在嗎？……瓦萊麗？……連線似乎中斷了，觀眾應該都聽到剛才現場傳出巨響。在此不多加揣測，不過現在無法取得聯繫……喂？……瓦萊麗？妳還在嗎？……

陸地

盧福勒開著吉普車來到瞭望點，把車子熄火。之前，他要求當地管理單位先淨空這片區域，散步路徑上已經拉起封鎖線，讓他鬆了一口氣。

「走吧。」盧福勒跟羅姆說：「去看看你發現了什麼。」

兩人跨過封鎖線，走上小徑。瑪格麗塔海灣邊隆起一排低矮山脈，山頭頗富綠意，山壁像一堵立在岸邊的白牆，岩壁紋理明顯。這是一段沙灘狹窄的斷層海岸。要下去海邊的方法很多，但是開車絕非其中之一，非得用走的不可。

兩人走到平坦處，往尋獲救生艇的地點前進。羅姆慢下腳步，剩盧福勒自己往那走。他覺得鞋子陷進沙中，再走幾步就來到低處的岩地……

他看到了：外觀髒兮兮、半洩氣的大型橘色救生艇，已經被大中午的陽光曬乾。

盧福勒打了一個冷顫。不管是大船、小船或遊艇，只要被人發現時呈現失事狀態，都代表船上的人已經命喪海中。任何船隻的殘骸都留下了故事，而且是鬼故事。盧福勒已經聽得夠多了。

他彎腰查看救生艇的邊緣，底部因為有切口而洩氣，**可能是鯊魚幹的好事**。小艇上的帆布被扯掉了，只剩連接處破爛的布邊。印在側邊船身的文字「限乘十五人」已經褪色。救生艇內部很寬，面積大概有十四乘十六呎。裡面淨是沙和海草，小螃蟹在糾結的海草上移動。

盧福勒看著小螃蟹爬過一行字——「銀河號救生艇」，接著爬過前頭一個封住的袋子，袋中似乎有什麼東西鼓鼓的。他戳了一下又把手指收回來。裡頭有東西。

盧福勒心跳加速，他知道規矩：**若要移動救生艇的內部裝置，必須先通知原船船所有人**。但是發通知要花上許多時間，而且船主也在船難中過世了吧？不是船上所有的人都罹難了嗎？

他回望羅姆。那個神祕男子站在整整四十呎外，看著天空中的雲。搞什麼鬼，盧福勒心想，好好的星期天就這樣毀了。

盧福勒掀開密封袋的袋口，把裡頭的東西抽出來一點查看。他眨了幾次眼，確定自己沒有看錯。密封袋內有一個塑膠袋，袋中裝著殘破的筆記本。

海洋

現在才剛過中午而已。今天是在海上漂流的第四天，大家見證了非常不可思議的現象——跟自稱為神的陌生男子有關。或許之前是我想錯了也說不定，或許他真的不如表面看起來那麼單純。

今天早上，亞尼斯靠在小艇邊唱希臘歌（我記得他是希臘大使，儘管年紀很輕）。潔瑞在繪製航海圖。藍格哈里女士在按摩太陽穴，想要緩解頻頻發作的頭痛。小女孩愛麗絲環抱雙膝坐著，盯著新來的男子看；自從他來到船上之後，她經常看著他。

男子突然起身往尚・菲利浦那裡爬去。尚・菲利浦正在為妻子小黛祈禱，夫妻倆都是善良的海地人，樂觀向上。我在維德角的第一天早上就認識了他們，當時銀河號的員工登船準備接待客人。夫妻倆告訴我，多年來他們都在各種大型船隻的餐廳工作。

小黛說：「小班，我們煮的東西實在太好吃了！」她拍拍自己的肚子。「把自己都養胖了！」

我問：「你們為什麼要離開海地？」

「唉，苦日子啊，小班，苦日子喔。」

「那你呢？」尚．菲利浦問我：「你是從哪裡來的？」

「愛爾蘭。後來去了美國。」

小黛問：「為什麼又離開美國呢？」

「唉，苦日子啊。小黛，苦日子。」

我們三個大笑起來。小黛笑口常開，有著善良好客的眼神。如果她對你說的話有同感，會像點頭公仔那樣狂點頭。「喔，親愛的！」語氣變得很誇張：「說得真對！」但現在的小黛一點反應也沒有，她在星期五晚上逃離船隻時受了重傷。尚．菲利浦說，船身傾斜時，小黛先是摔倒在地，接著一張大桌子滑過來，往她的頭部和雙肩狠狠撞下去。最近二十四小時，小黛都是睡睡醒醒，意識時有時無。

要是在陸地上，小黛一定會被送醫，可是在海上漂流要如何救治？這時，你才會理解有許多事並非理所當然。

男子彎腰查看小黛。尚．菲利浦瞪大雙眼看著男子。

「你真的是神嗎？」

「你相信我是嗎？」

「證明給我看，讓我再一次跟我太太說話。」

亞尼斯挑眉看著這一切，我瞄了他一眼。要是所愛之人有生命危險，很容易病急亂投醫。我們對這陌生人一無所知，只知道他狂妄地自稱為神，以及他狼吞虎嚥吃了我們一整條花生夾心餅乾。

然後，我看見小愛麗絲拉起尚．菲利浦的手。陌生人則是轉向小黛，把雙手分別擱在小黛的額頭和肩膀上。

就這樣，小黛張開眼睛了。

「貝娜黛特？」尚．菲利浦低聲喚她。

「親愛的？」她也低聲回應。

「你成功了！」尚．菲利浦語氣中充滿敬畏。「你把她帶回來了，謝謝！我親愛的小黛！」

安娜貝爾，我從來沒目睹過這種事。小黛上一秒還在昏睡，下一秒就醒過來跟人說話。其他人也被驚動了，紛紛靠過來查看。潔瑞用手盛一些水給小黛喝。妮娜緊緊抱住她。連嚴肅、年長的藍格哈里女士似乎也心花怒放，但還是嘮叨著：「得找個人來解釋解釋。」

妮娜說：「沒什麼好解釋的，就是神蹟。」

陌生人笑了。藍格哈里女士笑不出來。

後來，我們讓小黛和尚．菲利浦獨處，所有人都退到救生艇後半段，陌生人也跟了過來。我仔細觀察他的臉孔。如果他剛才展現神蹟，那他的態度還真從容。

我問：「你對她施展了什麼？」

「尚．菲利浦想要再跟她說話。現在他可以了。」

「可是她剛才都快活不成了。」

「生與死之間的距離沒你想像中那麼遠。」

「真的嗎？」亞尼斯轉過頭來。「那為什麼人死了不會復活？」

陌生人笑了。「為什麼他們會想要復活？」

亞尼斯噗哧一聲。「有各種理由啊。」他追問：「但你讓小黛康復了嗎？她之後會好轉嗎？」

陌生人別過頭去。

「她沒有康復，但她終究會沒事的。」

2

海洋

手錶顯示凌晨一點，這是海上漂流的第五個晚上。夜空布滿稠密的星團，星星都黏在一起，彷彿一桶發亮的鹽在空中爆開，到處都是細碎的亮點。

我專注看著一顆特別明亮的星星，好像在對我們發出信號。**我們看見你們了，揮揮手吧，再撐著點，很快就過去找你們了**。真是這樣就好了。我們在美景的陪伴下持續漂流。安娜貝爾，我實在想不通，為什麼人可以在同一個時刻體會到美麗和痛苦呢？

希望此刻我能與妳一起觀星，而且要坐在海灘上安穩地觀賞。我一直回想起我們初見面的那一晚。記得嗎？那是七月四日國慶日，我在市立公園的涼亭裡掃地，妳穿著橘色上衣和白色長褲走過來。那時妳綁著馬尾，問我煙火施放地點在哪裡。

「什麼煙火啊？」我才問完，空中立刻爆出一朵大煙花（我印象很深刻，是紅白相間的煙火）。我們看了都笑了，彷彿煙火藉由妳的發問而綻放。涼亭裡有兩張椅子，我把椅子拿來並列排好。接下來，我們就像在前門悠哉看煙火的老夫老妻，度過了一小時。等到煙火放完，才互問對方的姓名。

欣賞煙火的那一小時記憶，在我腦海裡非常具體。我彷彿可以走進那段時間，觸摸到裡面的一切，包括因彼此吸引而產生的好奇、偷瞄對方的眼神、我在心中直想這位小姐是誰的聲音。**她是什麼樣的人**？**她怎麼會這麼相信我**？認識新朋友會帶來全新的可能，還有什麼比這可能性更令人期待？如果沒有，還有什麼情況比這更教人寂寞？

妳受過教育，外型姣好，個性溫和，而且事業小有成就。老實說，在看到妳的那一刻，我覺得自己根本不值得妳關注。我連高中都沒畢業，未來幾乎沒有出路可言。我的穿著打扮平淡無奇，衣著破舊，整個人瘦巴巴，頭髮也亂七八糟，一點也不起眼。但我對妳一見鍾情，後來妳也對我投入感情，這真是神奇。那是我最幸福的時刻，但我也只能這麼幸福了。我總覺得自己會讓妳失望。安娜貝爾，這份恐懼四年來默默蟄伏在我心中，直到妳離開我。到現在也快過了十個月。我知道現在還寫日誌給妳沒有意義，可是寫作可在孤身一人的夜裡安慰我。妳曾經說過：「小班，人都需要有所寄託。」那就讓我把寄託放在妳身上，待在有妳的回憶裡，待在我們相遇的第一個小時裡，記住我倆一起欣賞的燦爛夜空。讓我繼續堅持寫完我的故事。然後，我就會放手，放棄妳，放棄這個世界。

四點了，其他人都窩在帆布底下，擠在一起睡著了。有些人的呼聲低沉如煮滾的開水，其他人吵得像電鋸一樣，例如蘭伯特，他沒把整船人吵醒真是奇怪。說錯了，這是救生艇，不是船。潔瑞一直糾正我兩者的差別，但真的有所不同嗎？

我努力抵抗睡意，疲憊程度難以估量，但每次睡著我都會夢到沉船那一夜，回到又黑又冷的海水裡。

安娜貝爾，我真的不知道當時發生了什麼事，我發誓我真的不知道。撞擊來得如此突然，我甚至沒辦法告訴妳，我掉進海中時是什麼情況。當時正下著雨，我獨自站在低樓層的甲板上，身體靠著扶手、頭低垂著。結果一陣轟隆聲傳來，我就被拋進海裡了。

我還記得撞上海面的衝擊力道，還有栽進海底後聲音被吸收的瞬間寂靜。當我浮出水面，再度聽見轟隆聲，只有冰冷而混亂的感受。我想動腦釐清眼前狀況，腦袋卻淨顧著抗議。**搞什麼鬼啊！你怎麼會掉進海裡！**

海象凶猛，大滴雨水打在頭上。我摸索出大概方向後，已經遠離銀河號整整五十碼，船身開始冒出黑煙。我告訴自己可以游回船上；我確實有這個念頭，儘管船身已經破損，卻是空蕩海面上唯一的棲身之地。船上的甲板燈仍亮著，為我指引方向。但我知道船隻已經沒救了，船身開始傾斜，彷彿準備躺下長眠。

我查看周圍是否已有救生艇被放出，看看是否有乘客從船舷跳下來，但是海浪不斷襲來，模糊了我的視線。那就游開吧，可是要往哪個方向游？我還記得船上的物品一件件漂過身邊，沙發、紙箱、棒球帽，都跟我一樣從船上掉下來。就在我掙扎著想要呼吸，抹去眼前雨水的當兒，我發現幾呎外漂過一個淡綠色皮箱。

那是一只硬殼皮箱，顯然不會沉下去。於是我抓住皮箱攀附，目睹了銀河號的最後時刻。它的甲板燈最終暗掉，船身浮現出奇異的綠光，慢慢沉下去，愈沉愈低，從我眼前消失。然後一陣浪頭打來，蓋過最後可見的船身。

我哭了起來。

我不清楚我那樣在海裡待了多久。我哭得像個小朋友似的，我為自己而哭，為那些失去性命的人而哭，甚至也為那艘船哭泣。我對它懷抱一種奇特的歉意，但我要重申，我完全沒有參與破壞船隻的計畫。我知道多比的計謀，我有可能在無意中幫了他一把。但我現在被拋進海裡，身上除了衣服什麼也沒有，天知道我在冰冷的海水中待了多久。要是我沒看到那只綠色皮箱，早就沒命了。

這時海上傳來其他乘客的聲音。有些人在大吼，有些人的呼喊聲我聽得懂——**救命**！或是**快來人啊**！但是一陣浪打來，那些聲音都消失了。安娜貝爾，我們的聽覺都被海洋玩弄了。加上海流強勁，上一秒誰還在你附近，下一秒就永遠消失了。

我覺得雙腿沉重，除了不斷踢動雙腿，什麼也不能做。我知道要是抽筋就游不動了，只有死路一條。我緊抓住皮箱，像心生恐懼、死抱著母親的孩子。我冷得直發抖，就在我覺得眼睛再也張不開的時候，我看見一艘橘色救生艇在浪頭上起起落落，上面有人揮舞著手電筒。

我大喊：「救命！」但我之前誤喝太多海水，鹽分讓我的喉頭緊縮，發不出聲音。

我往救生艇游去，只是同時抓著皮箱游得不夠快。我得放手才行，但我不敢。這麼說很奇怪，但我覺得自己似乎有保護那只皮箱的使命感。

不過，手電筒的光芒再度亮起。這次我聽見有人大喊：「這裡！在這裡！」我鬆手放開皮箱，開始游泳，頭一直保持在水面之上盯著光。海浪有如一堵牆升起又打下來。我被海水翻攪，完全失去了方向感。**不要！**我告訴自己！**已經這麼近了，不要放棄！**我衝出水面，又一個浪頭打來，我像上鉤的魚那樣被拉扯翻轉。再度回到水面上的我，大口呼吸，喉嚨都要爆掉了。我來回張望，什麼也沒有看到，但回頭一看——

救生艇就在我後面。

我抓住船舷的安全繩。剛才揮舞手電筒的人已經不見蹤影。我猜那人大概也被海浪打下來了。我查看附近有沒有人落水，這時又一道浪即將形成，於是我雙手抓住安全繩，馬上被浪頭打得暈頭轉向。我抓繩子抓得太緊，指甲都把手掌刺出傷口。冒出水面時，我依然緊抓著繩子。

我繞著救生艇周邊游，終於摸到一個把手。我試了三次，但體力虛弱一直爬不上去。後來又一道大浪襲來，我想這一次我應該抓不住繩子了。我對著漆黑的眼前大喊，喉頭發出慘叫，用盡最後一絲力氣把自己抬起來。然後，我摔進救生艇，跌落在黑色的橡膠船底，像隻瘋狗那樣嘶聲喘氣。

新聞

主播：觀眾現在看到的，就是豪華遊艇銀河號在大西洋中可能的沉船地點，距離維德角大約五十哩，事發時間是週五晚上。本次報導由記者泰勒．布魯爾追蹤。

記者：廣大的海面無邊無際，搜救隊伍飛過大西洋上空，希望尋獲事發經過的任何線索。富豪蘭伯特擁有的兩億美元豪華遊艇，在週五晚間十一點二十分發出遇難訊號，表示遇到緊急狀況。沒過多久，船隻就沉沒了。

主播：有找到生還者嗎？

記者：看起來並不樂觀。搜救隊伍抵達事發地點時，銀河號已經消失，而且氣候惡劣，海流強勁，可能把殘骸和生還者沖離了事發地點。

主播：那麼究竟有什麼發現呢？

記者：搜救單位看到了遊艇的碎裂外殼。據說船身是由超輕量玻璃纖維製成，可讓航行速度快過同類型的遊艇，但不幸的是，這種材質抵抗撞擊的能力也比較低。現在調查正進行中。

主播：調查什麼？

記者：坦白說，不能排除有人為因素介入，畢竟船隻出航總會發生許多事情。但是這起事件的破壞程度確實相當驚人。

主播：好的。現在就讓我們替失蹤家屬禱告，也祈禱本台的記者瓦萊麗·柯提茲和攝影師海克特·強森平安。悲劇發生時，他們正在船上報導。

記者：沒錯，我相信現在很多家屬還是希望至少有一部分乘客倖存。只是這個海域的水溫特別低，隨著時間過去，希望也逐漸渺茫。

海洋

第六天了，今天又有怪事值得記錄。今天早上，天空烏雲密布，風聲呼呼，一開始強勁得像在鞭打，後來變成引擎高頻運轉的聲音。安娜貝爾，這種時候的海聲簡直讓人耳聾，即使相隔區區幾呎，也必須大吼大叫，別人才聽得到你說話。海水不僅會打到臉上，鹽分也會刺痛雙眼。

救生艇隨著海浪起起伏伏，掉下來的時候撞擊海面。我們就像在馬背上顛簸，大家都抓著安全繩，免得被甩出去落海。

就這樣搖晃了一陣子，愛麗絲漸漸抓不住繩子。妮娜衝過去用雙手抓住她，這時一陣巨浪打來，把我們都打濕了。妮娜抓著愛麗絲爬回原來的位子，哭嚎著：「停止吧！……停止吧！」我看到愛麗絲向陌生人伸出手。那時他在船中央，打橫蹲著，絲毫不為眼前的風浪所撼動。

男子用手掩蓋口鼻，閉上眼睛。突然間，風停了，空氣一片死寂。所有的聲音瞬間被吞滅，像是T．S．艾略特詩作中提到的「旋轉世界的靜止點」（The still point of the turning world），地球彷彿在這一刻停止呼吸。

奈文問：「他做了什麼？」

散落在救生艇各處的乘客面面相覷，小艇現在相當平穩。陌生人的眼神和眾人短暫交會，然後他便移開視線，望向海面。愛麗絲摟著妮娜的脖子，妮娜低聲安撫著孩子：「沒事了……安全了。」因為太安靜了，她說什麼我們都聽得見。

過了一會兒，救生艇開始輕微晃動，海洋掀起細碎、無害的浪花。微風吹拂，海洋恢復了正常的聲響，但親愛的，這一刻一點也不尋常，一點也不。

「鯊魚還在追嗎？」妮娜發問時，海平面的太陽已經落下。亞尼斯看了看旁邊。

「沒看到了。」

漂流的第二天，我們發現了鯊魚。潔瑞說救生艇底部聚集的魚群把鯊魚吸引過來。

奈文說：「一個小時之前還在，我好像看到魚鰭……」

「真是奇怪！」藍格哈里女士突然崩潰大喊：「**飛機**到底飛去哪裡了？傑森說他們會來搜救，為什麼一架飛機都沒看到？」

有些人低下頭來搖著頭。藍格哈里女士每天都在嘮叨：「**飛機飛去哪了**？」當初把蘭伯特拉上救生艇時，他聲稱船員已經發出遇難信號，搜救隊馬上就會出動。於是，我們等待飛機的出現，不斷用眼神搜索天空。那時我們還覺得自己是船上的乘客，但後來心態就改變了。隨著一次次的日落，希望也漸漸磨滅。我們再也不覺得自己是乘客，也不具有任何身分，只是失去方向的靈魂罷了。

垂死的感覺就像這樣嗎？一開始，你緊緊牽掛著這個世界，無法想像放手的一天，但是過沒多久，你慢慢學會放棄，習慣漂流的生活。接下來會有什麼發展，我不敢說。

有些人會說，接下來你就會看見神了。

人真的能見到神嗎？陌生人來到船上之後，我想過這問題很多次。安娜貝爾，我叫他「陌生人」是因為，如果他真有神力，大概不是妳我想像的那種神力。從小我們被教育，人類是根據神的形象創造出來的。但我們成年後的行為和表現，哪裡和神沾得上邊？發生在我們身上的可怕遭遇，又該怎麼說？如果有最高級的存在，祂怎麼會允許那些事發生？

不會的。所以，我只能用**陌生人**這個詞彙來稱呼他，因為神對我而言就是陌生人。至於船上這個陌生人的真實身分，大家的看法不一。我之前和尚．菲利浦一起坐在救生艇後面討論過這問題。

「尚．菲利浦，你覺得我們快死了嗎？」

「小班，我不覺得。神都來救我們了。」

「你看他那副尊容，也太……普通了吧。」

尚．菲利浦笑了。「不然你以為神是什麼模樣？我們不總是說，『要是看到神，就知道神真的存在了』嗎？要是神真的決定給我們機會，讓我們一睹本尊呢？這樣還不夠嗎？」

我想說，當然不夠啊。我明白今天發生風浪平息的怪事，而小黛恢復神智也算小小的奇蹟，但是人接觸奇蹟一段時間之後，就會發展出一套淡化神蹟的說法。

「巧合而已。」今天早上大家在討論時，蘭伯特說：「搞不好她那時就快醒了。」

奈文說：「也有可能是他把小黛喚醒了。」

陌生人從帆布棚下走出來。藍格哈里女士看他的眼神彷彿在說，她已經看清他的把戲了。

她問：「你就是這樣對小黛嗎？變一些戲法？」

陌生人歪著頭說：「不是戲法。」

「我很懷疑。」

「我很習慣被懷疑了。」

妮娜問：「你不會覺得很煩嗎？」

「許多人找到我時，都是抱持半信半疑的態度。」

亞尼斯說：「搞不好那些人根本找不到你，所以巴著科學不放。」

「科學呀。」陌生人抬頭望向天空。「當然囉。有了科學，就可以解釋日升日落，解釋星辰的安排，解釋大小動物的起源；我讓牠們在地球上繁衍開來。連我最偉大的創造，都被你們解釋得清清楚楚。」

「你最偉大的創造是什麼？」我問他。

「你們。」

他撫摸救生艇的表面。「科學能將生命追溯到最原始的形態，甚至比原始更原始的形態，但還是無法回答最核心的問題。」

「那個問題是……」

「這一切源自哪裡？」陌生人笑了。「答案只能從我這裡得到。」

蘭伯特哼笑出聲。「好了啦。如果你這麼偉大，就拯救我們吧。讓遠洋船艦出現吧！麻煩你，除了說話也動動手吧。現在就出手，您說好嗎？」

陌生人說話：「得救的條件，我已經說過了。」

「對啦。所有人同時都要相信你。你慢慢等吧。」

這段對話最後無疾而終。安娜貝爾，這個男人的真實身分依然成謎，讓人困惑，有時還會讓人很挫折。然而，我們獲救的關鍵並不在這個人身上，因為我們不會獲救。當藍格哈里女士問：「飛機到底飛去哪裡？」我知道許多人心裡都在想，要是有飛機，早就來了不是嗎？

親愛的，我想要保持正向。我想著妳，想著家，想著之後要好好吃頓飯，喝杯酒，然後睡得又久又安穩。反正都是一些小事。我儘量在船上保持活動，從這一端移動到另一端，把握機會伸展，但是毒辣的太陽吸乾了我的精力。在遇到這起船難之前，我都不知道遮蔭處有多寶貴。我從來沒有曬得這麼紅，身上還出現小面積灼傷。潔瑞在逃離銀河號時，機警地抄起一個背包，裡頭剛好有蘆薈膠，只是不夠所有人擦。

我們擠出一點點蘆薈擦在最嚴重的地方。唯一能躲太陽的地方只有帆布底下，但裡面的空間狹窄，空氣不流通，要是所有人都窩在裡面，根本沒法坐直。潔瑞的背包內還有手持小電風扇。大家輪流吹，電風扇的風速真的是史上最小，吹完之後還要迅速關掉，好節省電力。

救生艇上最重要的物資，自然是淡水。救生艇上的求生袋中有許多急難用品，像是把海水舀出去的水瓢、釣魚線、槳、信號槍之類的物品。

飲用水裝在罐頭中。水是最重要的物資，現在快要喝完了。每隔兩天，我們就會把一定比例的水倒進不鏽鋼杯中，大家輪流小口小口地喝。

潔瑞會確保愛麗絲一定喝得到水。這天夜裡，經過今天早上的風停事件後，愛麗絲拿著自己那杯水，沿著船艙爬到陌生人身旁。

蘭伯特問：「那個怪小妹在幹嘛？」

愛麗絲把杯子遞給陌生人，他一口氣喝乾。接著，他感激地點點頭，把杯子還給愛麗絲。安娜貝爾，這種人到底該怎麼處理？先別管他上船後發生的一連串神祕事件。面對一個口渴的小孩，神真的會把她的水喝光光嗎？

陸地

盧福勒心跳加速。他背對著羅姆，從救生艇的袋子裡抽出整個塑膠袋。袋中的筆記本封面被扯去一半，封底的厚紙板被滲進去的海水泡爛了。這是一本求生日誌嗎？還是船難生還者的日記？無論如何，盧福勒認為手上的這本筆記足以引起國際關注。

而且沒有人知道這本筆記的存在。

按照一般程序，應該要把袋子放回去，然後立即通知高層，再將物證交出去，別再插手此事。這些盧福勒都知道。

但他也知道，一旦打電話給上司，從此他再也不能參與調查。然而，這艘救生艇有個什麼吸引著他。這是他擔任小島督察以來最刺激的事件。這座島上幾乎沒有人犯罪，盧福勒每天無聊得不得了，還得壓抑自己別去回想這四年來，他的人生、他的婚姻、他的一切如何天翻地覆。

他用力眨眼，猛然想起今天可是禮拜天呢，上司在休假，沒人知道他來到現場。他可以把整本筆記本看完再放回去。誰會知道呢？

盧福勒回頭瞄一眼羅姆。他正望著另一個方向，研究峭壁的走勢。於是盧福勒把袋子插進褲頭，再用襯衫遮住。他起身往海邊走，回頭大喊：「羅姆！你待在那裡別動，我再去檢查還有沒有其他殘骸。」

羅姆點頭。

沒過多久，盧福勒走進山壁一個凹陷處。他跪下來，重心放在膝蓋上，把袋子從褲頭抽出來，慢慢剝開袋口，即使內心有個理性的聲音告訴自己：**你不該這麼做**。

新聞

主播：億萬富翁蘭伯特的追思儀式在今天舉行。上個月，他和四十多名乘客，隨著豪華遊艇銀河號一同葬身大西洋。記者泰勒・布魯爾在現場為我們轉播。

記者：好的，吉姆。經過二十六天的密集搜尋與試圖救援，美國海岸巡防隊正式宣布，豪華遊艇銀河號的下落已無法追蹤。船身應該是承受了某種爆炸或撞擊而解體，起因尚未明朗。

主播：泰勒，失蹤的罹難者都是有頭有臉的大人物，包括前美國總統、世界各國領導人、企業家，還有知名藝人。

記者：沒錯。因此外國政府也要求調查船難起因是否涉及政治或金錢因素。

主播：不過，我想在那之前，還是要先遵循傳統，進行莊重的葬禮。只是會場上沒有遺體能夠下葬，這讓家屬更加悲痛。

記者：是的。這場追思活動的現場沒有棺木，之後也不會舉行葬禮。蘭伯特會留在親友心中。他有三位前妻和五個孩子。妻兒都不會在活動中發言，只有長期合夥人布魯斯．莫瑞斯會致詞。

蘭伯特這個人充滿爭議，他身價億萬，而且毫不保留地向全世界炫富。他在馬里蘭州長大。身為藥劑師之子，他的第一份工作卻是推銷吸塵器。過了三年，他接手經營吸塵器公司，再操作槓桿併購其他公司。蘭伯特後來念了金融碩士學位，推出知名的共同基金薩克斯頓，也是世界第三大基金。蘭伯特名下的財產眾多，有電影製作公司、航空公司、職業棒球隊、澳洲橄欖球培訓中心。而且，他非常熱愛高爾夫。

絕想盛宴是他最後一個計畫。有些人聲稱，這個計畫充滿願景；有些人卻批評這不過是有錢有勢的人聚在一起享樂的活動。沒人知道航程最後會急轉直下，釀成一場悲劇。傑森．蘭伯特如今可能已經離世，享年六十四歲。

主播：還有一件事值得一提。在海上罹難的，除了名人之外，還有船上的工作人員，包含水手、服務生吧？

記者：沒錯。他們也應該被記住。

海洋

安娜貝爾，小黛還是走了！她離開了！我不能失去理智，要冷靜地把每件事記錄下來。不能只有我記得而已！

昨天我跟妳提到，自稱為「神」的男人不過是輕輕碰了小黛的身體，就讓她張開雙眼。我們都看見她面露微笑，和尚．菲利浦低聲交談。那時候，尚．菲利浦多開心啊。他反覆說著：「真是奇蹟！神展現了奇蹟！」這段我應該寫過了吧。抱歉，我現在腦袋有點糊塗，事情記得不太清楚了。

昨晚大家都沒睡好。海浪把救生艇翻來覆去，我大概只睡著四小時，夢到自己進了烤肉餐廳，烤肉的味道非常逼真，好香喔！但是肉一直沒端上桌，不管我轉頭看廚房看了幾遍，菜都沒來。這時，我聽見某個客人怒吼。

我醒了過來，發現那是尚．菲利浦在放聲大哭。

我翻過身，看到他低著頭，雙手垂在身體兩側。那個「神」伸出一隻手，搭在他的肩頭上。應該待在他倆之間的貝娜黛特不在了，只剩下一個空位。

「尚．菲利浦，」我的聲音聽起來嘶啞：「你太太去哪兒了？」

他沒有回答。一旁的奈文醒著，正在照料自己的腿傷。我跟他對上眼時，他只是搖搖頭。藍格哈里女士也沒睡，只是呆呆看著漆黑的海面。

「貝娜黛特呢？」我提高音量再問一次：「剛才發生了什麼事？她到底去哪了？」

奈文最後吐出：「沒有人**知道**。」

他指著尚．菲利浦和陌生人。

「這兩個人一句話都不說。」

3

陸地

盧福勒靠在一塊巨岩上，拿出筆記本貼近眼睛仔細查看。頁面都黏在一起，大概是鹽分的緣故。他心想翻閱時大概要很小心，不過裡面看起來有寫字，而且寫的還是英文。他感到自己的手在發抖。他抬頭看看海浪，思考該怎麼做。

盧福勒活了大半輩子，幾乎都遵守各式各樣的規定。他在學校表現良好，小時候參加童軍活動、收集獎章，長大了高分通過警校的入學測驗。他甚至想過要離開蒙特塞拉特，去英國受訓成為警官，因為他體格魁梧，足以應付執法的各種狀況。他既高大，肩膀又寬，濃密的鬍鬚能輕易遮住他的笑臉，讓他看起來像個嚴肅的人。

十四年前的新年倒數派對上，他認識了派翠絲。那是島上一年一度的大型活動，有遊行、變裝打扮的表演者，還有卡里普索之王（Calypso King）歌唱比賽。盧福勒和派翠絲跳舞、喝酒，然後繼續跳舞。午夜時分，兩人接吻，熱情翻滾到新的一年。後來幾個月，他們密集見面。沒什麼意外的話，兩人應該會牽手度過下半輩子。

到了夏天，他們真的結婚了。兩人買了一棟小房子，漆上明亮的黃色，還買了一張四柱大床擺在臥室裡，在床上共度許多美好時光。派翠絲下床時，盧福勒總是開心地微笑；看到她回到床上，更讓他笑得開懷。什麼英國嘛，他哪裡也不想去。

過了幾年，兩人生了女兒莉莉。就跟所有的新手父母一樣，他們對孩子傾注所有的愛。莉莉做什麼，都要拍照留念；教她唱兒歌；把她扛在肩頭，去市場買菜。盧福勒把第二間臥室漆成淡粉紅色，順手在天花板上塗了幾顆粉紅色的小星星。夫妻倆每晚在星空下哄孩子入睡。他記得那些日子以來，他每天心情都很好，好到不像真的，彷彿有人故意讓他格外幸福——

後來莉莉就死了。

才四歲的孩子呀。那時，莉莉待在外婆家。那天早上，外婆桃樂絲帶莉莉去海邊。患有心臟病的桃樂絲，早餐後吃了從沒吃過的新藥，不知道那種藥會讓她昏睡。後來，桃樂絲曬著太陽在海灘椅上睡著了。等她眨著眼睛睜開眼，竟然發現莉莉臉朝下、倒在海邊一動也不動。

一週後莉莉下葬。從此盧福勒和派翠絲的生活陷入了迷霧。他們不再出門，晚上也幾乎睡不著，白天混日子，晚上跌進夢裡。食物吃不出味道，談話也索然無味。麻木像一塊布罩在他們身上，兩人常常呆望著前方良久，但根本什麼也沒看到。直到一人發出：「什麼？」另一人回：「什麼？」第一個人就說：「我沒說話啊。」

四年過去了。從鄰居和朋友的眼中看來，這對夫妻感覺像是達到一種平衡。事實上，他們只是成了兩座孤島，小島之間被火山炸出了距離，表面覆蓋著灰燼。盧福勒關上莉莉的房門。自從女兒過世後，他沒再進去過。他表現得很抽離，每次派翠絲想討論這件事，他就搖搖頭。

派翠絲則在信仰中找到慰藉。她經常去教會，每天禱告。她說莉莉跟神在一起。當她的朋友說，莉莉現在到了一個更好的地方，不需要再替她擔心時，派翠絲淚眼婆娑地點頭同意。

盧福勒不能接受這套說法。他拋棄了神、耶穌、聖靈，拋棄了他小時候從教會學來的一切。神若仁慈，怎麼會奪走他的莉莉？哪個天堂會急著召喚孩子，讓莉莉在四歲就溺死呢？信仰？那是笨蛋才會相信的東西。盧福勒開始覺得世界變得極其陰暗，沒有理智可言。他酒愈喝愈多，對他有意義的事情愈來愈少，甚至四柱大床、黃色牆壁都失去了色彩。悲慘本身不一定慘，但它的陰影能延續很長很長的時間，在黑暗籠罩的範圍內，你什麼也看不見。

現在盧福勒倒是看見了橘色救生艇，以及藏在小艇內的筆記本。這兩樣東西有如閃電般劈開他的惡夢。他也不知道自己為什麼會被它們吸引。或許是因為船難等級的悲劇發生之後，竟然還有物品保存下來，飄洋過海來到他面前，即便只是殘留幾頁的筆記本。總之，這件物品**存活了下來**。或許，看見人事物留存下來的事實，會讓人相信自己也做得到。

盧福勒小心翼翼地揭開封面。內頁記錄得密密麻麻，有幾句話被藍色墨水潦草地寫在首頁上。

發現這本筆記本的人要知道——

船上的人都死了。

原諒我的罪惡。

我愛妳，安娜貝爾・迪恰普——

後面都被撕掉了。

海洋

安娜貝爾，來到在海上漂流的第八天，我的唇邊和雙肩長滿了水泡，鬍碴刺得我臉很癢。我現在滿腦子想著食物，想到快發瘋了，不管想什麼，最後都會想到食物。我感覺自己的肉貼在骨頭上。缺乏食物的情況下，身體會先分解脂肪，再分解肌肉，最後把腦子也化掉。

我感覺不到雙腿，應該是幾乎沒在動的緣故。大家都縮著身體，騰出空間讓其他人舒服些。救生艇上的人輪流移動，保持救生艇的平衡。有時為了伸展雙腿，也會把腿伸直、搭在別人腳上，像在玩疊火柴遊戲。海水一直滲進來，救生艇底部從沒乾過，因此我們的屁股總是濕濕的，疹子長個沒完，痠痛也沒停止過。潔瑞說，所有人都必須定時起身活動，不然痠痛會更嚴重，還會長出痔瘡。然而，所有人同時起身會讓救生艇翻覆，所以得輪流動作；先讓一人跪著用膝蓋移動，再一個一個輪流活動，簡直像監獄放風似的。潔瑞也提醒大家，不要一直閉著嘴巴，要記得聊天，才能讓思考保持敏銳。但這實在太困難了，因為一整天都很熱。

潔瑞也是銀河號的乘客，但來到救生艇上，她成了舵手。她來自加州，經常去海邊，之前也有航海經驗。一開始，救生艇上的人有問題會問尚·菲利浦或我，因為我們是遊艇的員工。但現在尚·菲利浦正為妻子哀悼，很少說話。而我的海上經驗不多，來銀河號之前只在一艘船上服務過，擔任初階甲板員，只學了初級急救和防火知識。大多時候，我都在打掃、拋光、打蠟、接待船上客人，現在這些技能完全派不上用場。

根據潔瑞的估算，最後一罐飲用水明天就會喝完。我們都知道水喝完之後會發生什麼事，沒有水，就沒有活命的機會。潔瑞從救生艇上的袋子拿出小型太陽能蒸餾器；照理說，這個塑膠做的圓錐形小東西應該能製作淡水。她將蒸餾器架好，綁在救生艇後方的繩索上，但到現在機器都沒有正常運作。她認為機器上有裂口。老實說，那麼小一台機器，做出來的水哪夠十個人喝呢？

我剛才寫到「十個人」，才發現沒有向妳解釋小黛後來怎麼了。抱歉，這兩天我實在提不起勁把事發經過寫下來。事情太驚悚了，需要時間消化。

最後是藍格哈里女士從尚．菲利浦口中問到答案。他不發一語，默默哭了好久。陌生人坐在他旁邊，兩手把玩著救生艇的槳。

後來，藍格哈里女士跪著靠過來，身上還穿著潔瑞給她的粉紅色長T，灰白斑駁的頭髮塞在耳後。她身材嬌小，卻散發出一種誰都得尊重她的氣場。她開口，聲音很堅決：「尚．菲利浦先生，我明白您正在難過，但您有義務告訴我們小黛究竟怎麼了。船上的人不可以有祕密。就在這個人讓小黛恢復意識之後，」她指向陌生人。「他還對小黛做了什麼嗎？」

「藍格哈里女士，神沒有傷害我的妻子。」菲利浦低聲說：「小黛就是死了。」

幾個人發出驚呼聲。

奈文說：「但她不是醒過來了？」

我追問：「而且她看起來很好啊。」

妮娜說：「我們還以為她已經康復了。」

「慢著，」亞尼斯說：「我之前問他是否把小黛治好了，他說他沒有。」

亞尼斯轉向陌生人。「你明明說她狀況很好。」

陌生人說：「她的確很好啊。」

「可是她走了。」

「她去一個更好的地方。」

「你真是無賴欸！」蘭伯特暴怒。「你到底做了什麼？」

「請不要再吵了。」尚・菲利浦哀求，雙手撐著額頭。「那天小黛在跟我說話，她說這是相信神的時候。我說：『好，親愛的，我會相信神。』然後她笑了一笑，閉上眼睛。」他的聲線顫抖。「小黛的微笑是不是世界上最美的笑容？」

藍格哈里女士俯身向前。「在場還有其他人嗎？」

「愛麗絲，那可憐的孩子。我跟她說小黛只是睡著了，睡得很美很沉……」

他說到崩潰。許多人跟著哭了，不只為小黛而哭，也為自己而哭。隱形的防護網已然瓦解。死亡終於造訪，帶走了第一人。

蘭伯特問：「那她的遺體在哪裡？」

他幹嘛問這種問題？答案不是很明顯嗎？

菲利浦說：「神告訴我，她的靈魂已經離開了。」

「慢著。他叫你把小黛丟到海裡？把你的太太丟進海裡？」

藍格哈里女士怒吼：「傑森，不要再問了！」

「你就這樣把她丟進海裡？」

亞尼斯也怒斥：「傑森，閉嘴！」

蘭伯特嘴角帶著假笑，坐了下來。

他回嘴：「什麼神嘛。」

那天傍晚太陽下山後，我們坐在帆布棚外頭。恐懼隨著夜幕低垂而降臨，我們也因為恐懼而彼此挨得更近，彷彿在抵擋看不見的入侵者。小黛消失的那一晚，救生艇上的人似乎特別脆弱，很長一段時間過去，都沒人敢說話。

突然間，亞尼斯開始唱歌。

升起約翰・B的船帆。

看那主帆怎麼升起……

他停下來看看我們。大夥交換眼神，但沒有跟著唱。妮娜淺淺地微笑。亞尼斯於是開口大聲唱起來。他的聲音很尖，而且有點顫抖，沒辦法長時間聽下去。

不過奈文用手肘把自己撐起來，輕咳一下說：「要唱也要唱對啊。」

他抬起頭，他突出的喉結清晰可見。他清清喉嚨，便開口：

升起約翰・B的船帆。

看那主帆怎麼升起……

藍格哈里女士接下去唱：

呼叫岸上的船長，
讓我回家吧……

所有人也口齒不清地跟著唱：

讓我回家吧，
我想要回家。
啊，我覺得身心殘破不堪，我想要回家。

奈文說：「是破爛不堪，不是殘破不堪。」
亞尼斯堅持：「就是殘破不堪。」
「歌詞本來不是那樣唱的。」

蘭伯特說：「身心怎麼會『破爛』？應該是殘破。」

「就是殘破！」藍格哈里女士替大家決定。「好了，繼續唱。」

後來，我們又唱了三、四遍。

讓我回家吧，讓我回家吧。

我想回家，耶，耶……

陌生人後來也跟著唱，但他似乎不知道歌詞。小愛麗絲看著我們，好像從沒看過這種情景。眾人的歌聲被吹拂到空曠的海面上，消失在夜空中。這時候要說世上只剩下我們這船人，好像也不意外。

新聞

主播：餘悸猶存的罹難者家屬在全球各地為親人舉行追悼會，本台將開始製作專題，紀念上個月在銀河號船難中喪命的乘客。今晚，本台記者泰勒．布魯爾將介紹一位傑出女性，她家境赤貧，後來一躍成為頂尖人士。

記者：謝謝主播。拉薩．藍格哈里在印度加爾各答的芭薩提（Basanti）貧民窟長大，小時候住在木材和錫板搭建的小屋裡，沒水沒電。幼時一天只吃一餐。

後來，她的雙親死於風災，她由親戚收養，被送入住宿學校就讀。她在化學科目表現優異，原本希望畢業後能就讀醫學院，但是出身背景不符合獎學金申請資格。她只好先在肉品包裝公司工作兩年，直到賺了足夠的錢，才前往澳洲。她在當地的化妝品生產業找到了工作。

拉薩的化學背景和孜孜不倦的工作態度，讓她從產品測試員晉升為澳洲最大的化妝品公司托夫勒的研發主管。一九八九年，她離開公司，回到印度自創品牌。現在是全球前二十大品牌，最紅的產品是Smackers唇膏系列。

好玩的是，拉薩本人幾乎不化妝。外界對她的印象是「不苟言笑的優雅企業家」。她和丈夫戴夫．巴特有兩個兒子。巴特的財富來自手機通訊領域。

巴特：「拉薩是我們家的支柱。她在工作上非常強硬，但是對孩子很溫柔，充滿關懷，一定會留時間陪小孩、陪我。她說我們的家彌補了她童年失去的家庭時光。」

記者：藍格哈里女士這次受邀上船參加眾星雲集的絕想盛宴，她剛滿七十一歲。雖然她離開了人世，但她留下一間名列財星全球五百強的企業，還有她在加爾各答開設的女子教育機構。藍格哈里曾在訪談中提到，她在貧民窟的六年學到人生最重要的一課，那就是「活下去，我要看到明天的太陽」。

海洋

安娜貝爾，第九天了。天色昏暗，我非常疲倦。我計畫一天寫兩次日誌，卻辦不到。今天發生的事情，我還沒回過神來。死神再度出手了。

當時我待在救生艇後方，潔瑞跪著爬過來。她說：「小班，趁你的筆記本還有紙，來幫忙記錄剩下的物資吧？我們需要確實記錄物資的分量。」

我點頭表示同意。她轉向前方，要所有人拿出身上持有的物品，放在救生艇中央。之後，大家眼巴巴看著僅剩的一點寒傖物資攤在眼前。

水只剩下半罐。

食物剩下三條能量棒，還有落海那天從海上撈起的四袋餅乾、兩包玉米片、三顆蘋果，還有潔瑞跳船前掃進包包的一盒花生夾心餅乾——已經吃掉不少。

救生設備一樣來自求生袋中。有兩根槳、一支手電筒、一條繩子、一把刀、一個小幫浦、一只水瓢、一把信號槍、三顆信號彈、一副雙筒望遠鏡、一組修復工具組。暈船藥只剩一粒，其他的頭兩天就被我們吃掉了。

潔瑞的包包裡還有急救箱、一小條蘆薈膠、幾件T恤和短褲、一把剪刀、一副墨鏡、一頂大盤帽、一台小電風扇。

再來就是海上漂來的雜物，例如托盤、網球、椅子座墊、瑜伽墊，還有裝在一個塑膠盒裡的原子筆和筆記本，所以我現在才能寫日誌。另外，還漂來一本汽車雜誌。雖然被泡在水裡，濕了又乾、乾了又濕，但是幾乎所有人都翻爛了。看雜誌能讓我們想起過去的世界。

我們持有的物資也包括當初跳船時身上穿的衣服，有長褲、高級襯衫、藍格哈里女士穿的藍色長袍。或許衣服的布料能派上用場。

我記錄物資的時候，沒人說話，大家心知肚明食物和水不夠所有人撐太久。大家也試著抓魚，只是徒勞無功。我們一開始想用棒子把魚敲死，後來還想趴在船邊直接伸手抓，但少了魚鉤，一切都是枉然。為什麼袋子裡沒有魚鉤呢？潔瑞說，這都要怪當初打包的人。

蘭伯特掃視眼前的物資，突然開口問大家：「大家知道去年我的基金賺了多少錢嗎？」

沒有人回話，也沒有人在乎。

他自問自答：「八十億美元。」

妮娜問：「現在問這個有什麼意義呢？」

他說：「很有意義啊。我賺的錢會讓他們來找我們。我賺來的錢遲早能找出造成船難的元凶。就算尋凶會耗去我下半輩子，我也要追查那個畜生追到底。」

藍格哈里女士說：「傑森啊，你在胡說什麼？誰知道你的船出了什麼事？」

「**我**知道！」蘭伯特怒吼：「那艘遊艇是最頂級的，每個細節都處理得妥妥當當，怎麼可能就自己沉了？一定是有人搞破壞！」

他用力抓頭，看了看自己的手指。「搞不好有人想殺我。」他低聲說：「是喔，哈哈，你這個小畜生。我還活著呢。」

他往我這裡看，我躲開他的視線，心裡想著多比，想著我和多比有多討厭蘭伯特。

他轉頭看著陌生人，後者面露微笑。

「你笑什麼笑啊？神經病！」

陌生人沒有回話。

「無論如何，就算你真的是神，我從來沒有呼喚你，一次也沒有。就算我掉進海裡也沒有。」

陌生人說：「但我依然準備聆聽。」

妮娜突然插嘴：「傑森，不要再說了！」

蘭伯特怒目看她。「妳怎麼會在船上？妳是幹嘛的？」

「我替客人打理髮型。」

「是喔，那你呢？尚・菲利浦，你在廚房工作，沒錯嗎？」

尚・菲利浦點頭。

「那邊那個寫不停的，小班是吧？我不記得我付你錢幹什麼。」

我感覺到他的視線掃過來，體內一陣翻騰。我在船上工作五個月了，他還是搞不清楚我是誰，我卻對他一清二楚。

我說：「我是甲板員。」

蘭伯特嗤之以鼻。「甲板員、理髮師、廚師。最好現在都用得上。」

潔瑞說：「傑森，說夠了吧？小班，你都記下來了嗎？」

「記得差不多了。」

「有件事我忍不住，現在一定要說。」妮娜突然發脾氣。「要是接下來發生什麼壞事，」她指向蘭伯特。「都要怪他！」

「好啊，就怪我囉。」蘭伯特回嘴：「但妳看看，沒發生什麼壞事啊。好和平喔，哈哈。」

就在那時，我發現陌生人把手伸出救生艇，懸在水面上。我覺得這個舉動很奇怪。

過了一會，救生艇底部傳來激烈的衝撞聲，好似有什麼東西想從水裡衝上來。

潔瑞高聲喊道：「是鯊魚！」

大家還來不及反應，船底又被撞了一次，救生艇突然往前衝，所有人都倒下來跌成一團。救生艇穩住一陣之後，往左邊漂，接著又被往前頂。

潔瑞大喊：「我們要被拖走了！大家抓好！」

大夥抓住安全繩，救生艇往前暴衝。前半部在海面上懸空，我看到一個灰白色的巨大魚身，似乎想撞翻我們。潔瑞、奈文、尚．菲利浦往前撲倒，剛才集中起來的物資都被沖散了，有些還掉進海裡。

蘭伯特大喊：「救物資！」我抄起信號槍和水瓢，而望遠鏡和藍格哈里女士的藍色長袍捲在一起掉進海裡。她起身想撈望遠鏡，救生艇突然一陣劇烈晃動，她便失去平衡翻了出去。「天啊，」妮娜驚呼：「拉她上來！」

我往旁邊滾去，但已經拉不到她。她一邊吐水，同時揮舞著雙臂，好像太過驚恐，連聲音都叫不出來。

「妳不要動！」潔瑞對她喊道：「我們會抓住妳！不要動！」她划槳靠近藍格哈里女士，但她仍在海面上揮著手。

「小班，抓住她！」潔瑞下指令，我往前伸出雙手。但是還沒抓到她，她就消失在激起的一道浪花中，像是被導彈射中似的。我驚恐後退。安娜貝爾，直到這一刻，那個畫面仍在我腦海中揮之不去。她像是往側邊一倒，然後就消失了。

妮娜高聲大喊：「她人呢？」

潔瑞左右搜尋。「喔，不要、不要、不要……」

水面下浮出一陣血沫。

藍格哈里女士從此不見人影。

我癱在救生艇上大口喘氣，但我根本沒法呼吸也無法動彈。我瞄了那陌生人一眼。

他握著愛麗絲的手，轉過來看我，眼神彷彿能把我切開。

4

陸地

盧福勒開車時，身體有點歪斜。塑膠袋就塞在他的衣服底下，他盡可能不被羅姆發現。但羅姆似乎對他的異狀沒什麼興趣，只是從降下的車窗眺望外面的景色，微風吹動他的鬈髮。

盧福勒稍早只看了筆記本的前幾段，想要翻頁，紙卻破了。他很怕繼續翻會把筆記本扯爛，又把本子放回袋裡。就算只讀幾段也夠了，他知道專家們都說錯了。銀河號沉船後，乘客們其實逃過了死劫。現在這件事只有他知道。

救生艇還擱淺在海灘上；警用吉普車太小，載不回來。盧福勒從皇家駐防隊叫了兩個人去現場留守到明天，到時再派卡車載回來。所謂的皇家駐防隊，大都是志願者，希望那些人做事不會出差錯。

「等一下會在前面停車。」盧福勒說：「隨便吃點東西，方便嗎？」

羅姆說：「方便，督察。」

「你應該也餓了吧。」

「餓了，督察。」

「講話可以不用這麼正式，好嗎？我現在沒有在偵訊你。」

羅姆聽了轉過身來。

「我不用被調查嗎？」

「不用。你只是找到救生艇的人，沒有對小艇做什麼呀。」

羅姆眼神飄移。

「沒有吧？」盧福勒問。

「沒有，督察。」

盧福勒心想，這人真是奇怪。島的北岸似乎都住著羅姆這樣的怪人，瘦巴巴的，穿著不修邊幅，總是晃來晃去，好像永遠不趕時間。他們菸癮很大，行動都靠腳踏車，帶著吉他到處跑。盧福勒覺得那種人都是失落的靈魂，對這座島卻有著歸屬感，可能是因為半座島被火山灰掩蓋了，人與島同樣失落吧。

車子開到小型汽車旅館附屬的露天餐館。盧福勒指著戶外的餐桌，叫羅姆找位子坐下。盧福勒說：「我要去個洗手間，你要吃什麼先點。」

話說完，他走進汽車旅館，按了櫃台的服務鈴。後面走出一位中年女性，額頭上蓋著厚厚的黑髮瀏海。「請問有什麼事嗎？」

「那個，」盧福勒壓低嗓子。「我需要休息一小時。」

女子看了看四周。

盧福勒嘆氣。「就我一個人而已。」

女子拿出一張住房登記表。「請填表。」她聲音呆板。

「我付現。」

她把表格收走。

「你們這裡有紙巾嗎？」

幾分鐘過後，盧福勒走進一個裝設簡樸的小房間，房內有一張雙人床、書桌、檯燈、電風扇，小冰箱上面擺著幾本雜誌。盧福勒走進浴室，往浴缸裡放水，然後抽出袋中的筆記本。他先將筆記本快速過水一次，讓沾住書頁的灰塵和鹽分溶化。然後把本子放在紙巾上，再蓋上另一張紙巾吸水。他在紙頁間夾進紙巾，再施力按壓。過了幾分鐘，封面總算掀得開了。他重讀開頭的句子：

這名男子被我們從水中拉上來的時候，身上連擦傷也沒有。這是我第一件注意到的事情。除了他以外，我們每個人身上都布滿了瘀青和撕裂傷，這名男子卻毫髮無傷。

這個陌生人是誰呀？盧福勒看看手錶，發現自己讓羅姆枯等太久了。他千萬不能讓那個怪人起疑心。

盧福勒將筆記本立在書桌上，將地板上的電風扇拿過來吹乾頁面。之後，他鎖上房門，加緊腳步離開。來到餐廳裡，他發現羅姆就坐在角落，面前擺著一杯冰開水。「督察，順利找到了嗎？」

盧福勒嚇了一跳。「什麼？」

「洗手間啊？」

「有啊，找到了。」

盧福勒抄起菜單。「來吃東西吧。」

海洋

日出了，安娜貝爾。我整晚沒睡，等著陽光升起，好寫日誌給妳。藍格哈里女士之死在我心頭縈繞不去，這裡沒人能和我長談——用妳跟我的方式長談。

我想起一段回憶；現在回想起來相當鮮明。好幾天前，我打瞌睡醒來，看見藍格哈里女士用手當梳子幫小愛麗絲整理頭髮。她的手勢相當溫柔，一點也不急躁；愛麗絲好像也很享受和她接觸的親密感。藍格哈里女士幫小女孩整理瀏海，還舔濕指尖幫她順了順眉毛。最後她拍拍女孩的肩膀，好像在說「弄完了」。愛麗絲便往她身上靠，給了她一個擁抱。

藍格哈里女士現在死了，救生艇上只剩下九個人。當我寫下「九」這個字，依然不敢置信。現在是什麼狀況？

我發現我沒提到銀河號沉船後，其他人是怎麼來到救生艇上。事實上，我的那段記憶很模糊。把自己拉上救生艇耗盡我所有的力氣，後來我一定昏了過去。等我醒來，我仰躺在救生艇上，有人拍著我的臉頰。我眨眨眼，看到一個短髮女子盯著我看。

「你有拋海錨嗎？」潔瑞問。那很超現實——她的問題、眼前的這個環境、她的臉，還有後面那些人的臉，都被淡淡的月光照亮。我認出站在她身後的尚·菲利浦和妮娜。其他人則是渾身濕答答，一臉驚恐。我認不出來這些人是誰。我張著嘴轉頭，彷彿目睹自己在做夢。

潔瑞再問一次：「海錨？」

我搖頭表示否定。她迅速起身跑去翻袋子，其他人則扶我坐起來。我這才發現現場總共有八個人：亞尼斯、奈文、藍格哈里女士、妮娜、潔瑞、尚·菲利浦、小黛——她躺在帆布底下休息，頭上還裹著繃帶，還有我。

潔瑞從袋中找到兩個海錨，形如迷你黃色降落傘。她將錨扔進海裡，尾端穿過救生艇上的索環綁好。

「拋海錨下水會拖慢救生艇的漂流速度，好讓他們來找我們。不過，我們已經漂很遠了。」

妮娜哭著。「有人知道我們在這裡嗎？」

「遊艇一定發出了救難訊號。我們就等著吧。」

藍格哈里女士問：「等什麼？」

「飛機、直升機、其他船隻之類的。大家要保持清醒，要是看到什麼就發射信號彈。」

潔瑞還建議我們脫下吸了冰冷海水的衣服；藍格哈里女士就是在這時穿上潔瑞背包裡的寬大粉紅色長T。我還記得藍格哈里女士請妮娜幫她拉下藍色長袍的拉鍊，然後要求所有人在她換衣服的時候轉過身去。就算是逃難，還是要保持尊嚴的。爆炸發生時正在舉辦晚宴，救生艇上的人幾乎都穿著正式服裝，但因為擠在救生艇上，衣服變得又濕又破，看了直讓人難過。不管人類有什麼計畫，大自然才不會在乎。

之後，救生艇上的人幾乎都沒說話，一直盯著天空，希望看見飛機朝我們飛來。那時沒有人入睡，有幾個人在禱告，直到天空開始亮起，我們才發現還有別人。潔瑞從求生袋裡拿出手電筒，我們輪流揮動打信號。到了清晨五點，遠方傳來人聲的呼喊。

「那裡。」潔瑞指出方向。「大約我們右側二十度。」

順著手電筒的光線看去，只見一個人抓著一個東西。我們慢慢划近之後，才發現那個人抓的是銀河號的玻璃纖維船殼，而緊抓船身不放手的，正是銀河號的主人——傑森．蘭伯特。

我往後一倒，幾乎無法呼吸。**怎麼會是他**！大夥兒忙著把肥胖的蘭伯特從海中拉起，他的喉頭一邊發出呃呃啊啊的呻吟聲。

藍格哈里女士說：「是傑森！」

他翻過身，往救生艇裡面吐了一地。潔瑞轉過身看著海平面，白天的視線更加清楚。「大家都要看仔細了，這是我們找尋生還者的最佳機會。」

她說到那個字的時候，我像是被雷劈了一下。**生還**？**生還者**就只有我們這些人？不，我不能接受。一定還有別人活著，他們只是待在其他救生艇上，或是在怒海上折騰著。我想起了多比，不知道他後來怎麼了？他到底去了哪裡？他該為這場災難負責嗎？

潔瑞拿出背包裡的望遠鏡，大家分散坐好，輪流用望遠鏡觀察四周。輪到我用望遠鏡搜尋時，一開始看出去，每朵浪花好像都有生命。你會覺得自己一定是看到了海豚，或是船上的儀器漂到海上，閃爍著。後來我看到紅紅的東西，大海中出現紅色可不自然，我不會看錯。

我大喊：「我好像看到人了！」

潔瑞搶過望遠鏡，確認有人。只見她從口袋中拿出一張受潮發軟的紙，撕一小角丟進海中彎腰查看。藍格哈里女士問：「妳在看什麼？」

「觀察海流。」她解釋：「看那些紙屑都漂回來了吧？只要我們保持不動，那個人一定會漂過來的。」

她要大家伸出手當槳，反方向划，讓救生艇保持在原位。我看著那個紅色人影愈來愈近，最後拿著望遠鏡的亞尼斯大喊：「天啊，是**小孩**欸！」

大家都傻了，停下划槳動作看過去。在愈來愈強的陽光中，可以看見一個小女孩攀在一個甲板椅上，大約八歲。她穿著紅色洋裝，濕漉漉的淺褐色頭髮貼在頭皮上。她的眼睛張著，表情卻很呆滯，好像平靜地等待什麼行動展開。我想她應該是嚇壞了吧。

「喂，妳還好嗎？」救生艇上的人齊聲大喊：「喂！」

撲通一聲，潔瑞跳進水中，一直游到甲板椅旁。後來，小女孩摟著潔瑞的脖子，被她帶回救生艇上。

這就是我們發現愛麗絲的經過。

直到現在，她還沒說半句話。

太陽西下，將天空渲染成琥珀般的顏色。潔瑞起身宣布：「大家聽著，藍格哈里女士的遭遇令人遺憾，但是大家要振作，重整心力才能獲救。」

我盯著陌生人看。他剛才把手伸到水面上的奇怪舉動，我沒說給大家聽，也沒提起他打量我的奇怪眼神。那些是我的想像嗎？他是否該為鯊魚攻擊事件負點責任？什麼樣的神會做出那種舉動？

尚．菲利浦整理物資，剛才的意外讓我們失去了望遠鏡、墨鏡。最糟的是，一些食物也掉進了海裡。海錨不見了，鯊魚還把小艇底部咬出一個洞，現在小艇有點往下沉，水慢慢滲進來。我們必須輪流舀水。潔瑞正想辦法修補破洞，但那代表要下潛到船底，只是才剛發生那種不幸，沒人敢下水。

「之後要是鯊魚再靠近，就用這個。」潔瑞拿起船槳。「往牠們的口鼻處打下去，用力打！」

亞尼斯問：「這樣不會讓鯊魚更抓狂嗎？」

「鯊魚不會抓狂。牠們發動攻擊，是因為聞到或察覺到——」

「不要說了！停！」妮娜打斷討論：「我們總要為藍格哈里女士送行吧？怎麼會連聲**告別**都不提，就開始討論其他事？我們是**怎麼了**？」

大家聽了默不作聲。其實大家跟藍格哈里女士都不熟，沒有人對任何人熟悉。之前在船上服務時，我透過其他人的對話得知她來自印度，有兩個孩子，而她本人好像是化妝品業者。

「我滿喜歡她的。」我不知為何突然迸出這句。其他人也說喜歡她。亞尼斯模仿她的印度口音，惹得幾個人笑出來。儘管感覺不太好，但是笑總比哭好吧。或許人死後，活著的人只能透過笑聲，證明死者依然以某種形式活著，或是證明我們還活著。

「快告訴我們，她去了更好的地方。」妮娜望向陌生人，聲音帶著請求。

「確實是這樣。」

潔瑞抓了抓頭髮，看著奈文。奈文的頭像在打瞌睡般上下起伏。

「奈文還好嗎？要補充什麼嗎？」

奈文回過神來。「什麼？喔……對……她人確實很好。」他嘆了一口氣，抓抓受傷的腿。「抱歉，好像幫不上什麼忙。」

奈文的傷勢愈來愈嚴重。船難發生時，甲板上的置物櫃把他絆倒，結果他的腳踝彎折成一個奇怪的角度，還在他腿上劃開一條大口子，受創處一直沒有癒合，傷勢很糟。幾天過去，傷處轉為深紅色並且飄散異味。潔瑞判斷有金屬小碎片掉進傷口。若真如此，我們確實束手無策，就像面對藍格哈里女士和小黛的離去一樣。我們什麼忙也幫不上，恐怕只能祈禱，並且等死。

新聞

主播：今晚，泰勒．布魯爾將繼續報導船難罹難者的紀念專題。現在來到第十集，主角是一位改變英國電視生態的媒體人。

記者：謝謝主播。美國觀眾或許沒聽過奈文．坎伯爾，但是在英國，幾乎所有受歡迎的電視節目都出自坎伯爾之手。他一開始只是BBC的基層員工，後來自行創立了媒體串流服務Meteor，是英國訂閱人數最多的平台。

坎伯爾創立Meteor時，是賭上了一把。他借錢製作高成本節目如《山丘》、《埃及艷后》、《你認識福爾摩斯嗎？》。他一度拿房子借了三胎房貸，在倫敦行動都靠腳踏車，因為他連車都買不起。但是他賭對了，這些節目收視率居高不下，坎伯爾也成為英國名列前茅的頂尖媒體人之一。

就在坎伯爾不幸驟逝前，《泰晤士報》才剛報導他是「明星的推手，一個人等於一座好萊塢。坎伯爾稱讚的節目絕對會走紅。坎伯爾找你演戲，你就會成為巨星」。

坎伯爾家世顯赫。父親是知名文學經紀人大衛・坎伯爾爵士，母親則是劍橋大學的法律教授。

坎伯爾本人身高六呎五吋（將近一八三公分），學生時期擅長撐竿跳。他曾經夢想代表英國參加奧運，但資格賽只贏得殿軍讓他無緣上場。多年之後，他對CNN表示：「我再也不要拿不值一文錢的名次了。」

坎伯爾因為Meteor開台的合作案，與蘭伯特結緣，因此受邀登船。在不幸的航程展開前，坎伯爾曾經在甲板上受訪，時年五十六歲。

坎伯爾：「雖然傑森說這次航行是為了改變世界，但我覺得那種說法有點浮誇。我很樂意多聽別人說話，多學幾件事，也許再曬個太陽。同事都說我一直在工作，皮膚白蒼蒼的。」

記者：坎伯爾和妻子菲莉瑟緹於二〇一二年離婚，兩人生了三個孩子。坎伯爾過世時已經和英國演員諾艾爾・辛普森訂婚。辛普森在Instagram上發文，感謝大眾致意，希望媒體在這困難的時刻尊重她的隱私。

海洋

親愛的，我們在海上撐到了第十天，可能是運氣好，或許是命運使然，或是因為船上那個陌生人真的是神。說真的，不然我也不知要怎麼解釋了。

昨天，大夥又經歷了一場考驗。早上大家默默坐著，聽著海浪滔滔，沒有人想提起那件所有人都知道的事。

最後還是亞尼斯開了口。

他問：「已經沒有水了，要怎麼活下去？」

光是提到水，我就口渴。安娜貝爾，我還沒有和妳提過口渴的滋味，因為愈少提到愈好。口渴會激發強烈的渴求。除非口渴到無法忍受，不然你不會想起水分，然後你會一直想，想到整個人崩潰，喉嚨乾燥如柴，雙唇渴求滋潤。我嘗試透過想像力促進唾液分泌。我想像加了冰塊的可樂，還有裝滿玻璃杯的冰啤酒，我的想像非常逼真，幾乎可以感受到冷飲滲進齒縫的刺激。想像卻讓我更渴，身體最欠缺的欲望不能獲得滿足而產生的痛苦，無法和其他痛苦相比。這時候，所有的注意力都集中在一件事上頭：怎樣才能獲得滿足？

我問潔瑞：「太陽能蒸餾器能用了嗎？」

「破了一個洞。」她搖頭。「每次補好又會迸開。」

妮娜向陌生人求助。他正在撫摸下巴的鬍碴。

「你不能做點什麼嗎？」她懇求：「我知道你想要這裡的每個人都相信你，才會伸出援手。但你難道看不出來我們有多苦惱？」

陌生人只是斜眼乜著太陽。

「煩惱都是你們自找的。」

「我們幹嘛自尋煩惱？」

「填補匱乏。」

「什麼匱乏？」

「信念的匱乏。」

妮娜靠近陌生人，伸出雙手。「我相信你。」尚．菲利浦也湊過來，把手交疊在妮娜的手上。「我也信。」小愛麗絲抬起頭，或許那表示她也相信。此時，我突然察覺船上分成兩派，彷彿我們因為信仰被歸類成不同的人，但仔細想想，不僅限於這艘救生艇，世上多半是這樣分類的。

「幫助我們吧。」妮娜低聲哀求：「我們快渴死了。」

陌生人只是看看愛麗絲，然後閉上眼往後靠，好像準備小睡一番。安娜貝爾，這算什麼回應？我就說，他已經瘋了。

然而，在他入睡之後，天色開始產生變化。天空中的一縷雲絲變成一大朵雲，顏色由白轉灰，而且逐漸增厚，很快遮蔽了日頭。

沒過幾分鐘，雨滴開始落下。一開始雨勢較緩，後來愈下愈大，蘭伯特歪頭張嘴，直接以口接雨。奈文倒抽一口氣。「這是真的嗎？」亞尼斯扯下上衣，尚．菲利浦也跟著照做，兩人用雨水沖洗沾滿鹽分的皮膚。接著雨勢轉大，下起了傾盆大雨。妮娜笑得很開懷。

「快接水！」潔瑞大聲號令眾人。

我拿起裝筆記本的盒子，把裡面的東西倒在帆布棚下，開始接水。潔瑞也拿起水瓢接水。尚．菲利浦拿起兩個喝剩的空罐，灌滿清新的大雨。

「謝謝！」他往空中大喊：「老天，謝天謝地。」

眾人在暴雨中欣喜若狂，沒發現救生艇底部開始積水。我一移動膝蓋就滑倒了，手上的塑膠盒瞬間打翻，水都灑了出去。

「小班，你在搞什麼！」亞尼斯大吼：「站起來再接一次！」

蘭伯特像魚一樣張口喝雨水。躺著的奈文，咬著一個盤子讓雨水流進嘴裡。愛麗絲全身上下濕透，但我看到她在笑。

這時暴風雨瞬間停止，唐突地開始，匆促地結束。雲朵四散，陽光繼續照射。

我看著手中的塑膠盒，因為我剛才跌倒，根本沒裝多少。我轉過去看那陌生人，他醒來了，並盯著我們看。

「別讓雨停啊！」我怒吼。

「這麼說你相信是我讓天空下起大雨？」

我愣了一下，看著手中的空盒。「如果是你召喚雨勢，這點雨水根本不夠。」

「就算只有一滴，也足以證明我的身分了，不是嗎？」

「繼續下嘛！」亞尼斯提高音量：「再多給我們一點水！」

陌生人看著愈來愈稀薄的雲層，他說——

「不。」

5

海洋

第十二天。如果計算無誤，暴風雨帶來的雨水可以讓我們再撐幾天。亞尼斯想把積水也拿來喝，但潔瑞說不行，不知道積水中混了多少海水，不可以冒險。喝海水可能會致人於死，讓你肌肉痙攣，思考混亂，最糟的是還會造成脫水。安娜貝爾，這真的太奇怪了，到處都是水，但是一滴也不能喝。

又有一個陣亡的消息傳出，只不過這次死的是手持小電風扇，電池在一小時前耗盡。當時潔瑞在幫愛麗絲吹臉，然後風扇就停了。大多數人只是發愣看著，幾個人發出哀號，叫得最慘的是蘭伯特。

他說：「都是妳浪費電。」

亞尼斯說：「閉嘴！」

今天稍早，陌生人在帆布棚下睡覺，潔瑞、亞尼斯、妮娜、蘭伯特和我待在外頭，但我們沒有待太久，太陽實在太毒辣。總之我們想說話，但不想被那個人聽見。

亞尼斯壓低嗓子：「你們覺得雨是他召喚的嗎？」

蘭伯特說：「別傻了。」

潔瑞說：「我們到現在都還不知道他怎能在海上撐那麼多天？」

「他就是幸運啊。不然呢？」

我說：「他就跟我們一樣，肚子會餓，口會渴。」

「也需要睡覺。」亞尼斯補充：「神怎麼會需要睡覺？」

妮娜問：「但小黛的事要怎麼解釋？」

亞尼斯說：「的確很難解釋。」

「哪裡難？」蘭伯特反駁：「他實際上有做什麼嗎？」

「讓她起死回生啊。」

「真的嗎？她搞不好可以靠自己的力量醒來。」

「但是一天後，她確實死了。」潔瑞提醒。

「對啊。」蘭伯特繼續說：「這算神蹟嗎？」

亞尼斯：「所以下雨也只是巧合。」

妮娜：「那為什麼之前都沒下雨？」

我問：「我們最需要雨水的時候，神幹嘛故意讓雨停呢？」

「請複習舊約聖經。」蘭伯特沒好氣。「舊約的神脾氣反覆不定，心眼小，動不動就搞報復，這是我從來不信教的原因之一。」

潔瑞意外：「你竟然看過舊約？」

蘭伯特說：「看的夠多了。」

尚·菲利浦從帆布棚底下爬出來，我們趕緊打住。他選擇相信神和小黛之死有關，我們應該尊重他的選擇。

另一方面，我憂心奈文的狀況愈來愈糟了。他臉色發白，傷口惡化得愈來愈嚴重，儘管我們都盡力照顧他了。一小時前我開始動筆時，我聽見奈文喊我。他雙唇布滿水泡，聲音單薄且斷斷續續。

「小班……」他聲音嘶啞，搖晃兩根手指。「可以……請你過來嗎？」

我爬過去。他又高又瘦，受傷的那條腿抬高，架在救生艇邊緣。

「奈文，有什麼事嗎？」

「小班……我有三個孩子……」

「那很好啊。」

「我……我看你在寫……筆記。我可以口述……請你寫下來，留一些話給我的孩子嗎？」

我低頭看看手中的筆，答應了他。

「我想要說……我陪伴他們的時間……不夠長，我應該……」

「沒事。等你回去就有時間了。」

他哀叫一聲，擠出勉強的笑容。我知道他不相信我說的話。

「我的小兒子……亞歷山大……他很棒，有點害羞……」

「好的。」

「跟我一樣高高的……他太太人也很好……我記得是歷史老師。」

他的嗓音愈來愈微弱。眼珠轉開不再看著我。

「奈文，繼續說，你想要我寫什麼給他們？」

「我錯過了他們的婚禮。」他喘口氣。「只為了開會……」

他看著我，好像在求我原諒。

「我最小的兒子……我……竟然跟他說……我沒時間……」奈文的右手垂在胸前。

「我明明能挪出時間。」

他到底要我寫什麼呢？我又問了奈文一遍，雖然我已經猜到了。他眨了眨眼睛，他說——

「爸爸……很抱歉。」

陸地

盧福勒躡手躡腳走進家中。這時太陽早已下山，他把筆記本塞進公事包藏好。

「加提？你一整天跑去哪裡了？」

派翠絲從廚房裡走出來。她穿著牛仔褲，打赤腳；一件鬆垮的淡綠色T恤罩在纖細的骨架上。

「抱歉。」

「一大早就出門，一整天也沒打通電話。」

「對啊……」

「發生什麼事了嗎？」

「沒什麼。有垃圾被沖到北岸，我開車去現場查看。」

「你還是可以抽空打電話回來啊。」

「是啦……」

派翠絲收起話頭，看著丈夫。她抓了抓自己的手肘。「看得如何？現場有什麼好玩的？」

「其實沒有。」

「晚餐好了。」

「我很累。」

「我煮了這麼多欸。」

「好啦。」

一小時後，盧福勒用完晚餐，說他想看足球轉播，派翠絲聽了大翻白眼。他早就料到妻子會有這種反應。還記得以前他們對話比較親密，互動充滿溫柔的情意。自從莉莉過世之後，情分也跟著淡了。

派翠絲說：「那我上樓了。」

「我很快就看完了。」

「你沒事吧？」

「還好啊。」

「是嗎？」

「是啦。如果球賽不好看，我就不會看整場。」

派翠絲聽了，什麼也沒說便轉身上樓。盧福勒走到後面的小客廳打開電視，小心翼翼地從公事包中拿出筆記本。他明知自己走的每一步都在犯錯：他應該通知主管，不該把筆記本從救生艇中拿走，也不該跟派翠絲撒謊。他像是不小心跌進了兔子洞，一路往下滾，停不下來。盧福勒有一點想要繼續行動，就這麼走下去，迎接人生中的意外篇章，讀取筆記本裡的祕密。他看了筆記本封面內頁的訊息：

發現這本筆記本的人要知道，

船上的人都死了。

原諒我的罪惡。

我愛妳，安娜貝爾・迪恰普——

安娜貝爾是誰？作者覺得她最後能讀到這本日誌嗎？日誌是從什麼時候開始寫的，寫到什麼時候？是否有人撐了好幾天，最後葬身大海？或者不只撐了好幾天，還多撐了好幾週、好幾個月？

電話突然響起，盧福勒像是小偷被活逮般，跳了起來。他看看手錶，誰會在週日晚上九點半打電話？

「喂？」他語氣遲疑。

「請問是盧福勒督察嗎？」

「請問是哪位？」

「我是《邁阿密先驅報》的亞瑟・科許，有訊息想向您求證。」

盧福勒愣了一下才回答：「請說。」

「聽說銀河號遊艇的救生艇在蒙特塞拉特找到了。請問這是真的嗎？」

盧福勒喉頭抽動，眼睛盯著腿上的筆記本。他掛掉電話。

海洋

奈文死了。

昨天他的臉色蒼白如幽魂，意識時有時無，什麼也吃不下。有時候他痛苦的喊叫聲非常刺耳，有些人不禁摀住耳朵。

「他的傷口裡有東西。」潔瑞低聲告訴我們：「可能是金屬碎片，或是當初撞到他的東西。傷口感染沒辦法消，要是他得到敗血症……」

「什麼？」我有點不敢相信。

「他會死嗎？」尚・菲利浦問。

潔瑞低頭。我們知道那代表什麼意思。

小愛麗絲是第一個發現奈文去世的人。就在日出之後，她拉一拉我的T恤，那時我以為奈文還在睡，但是她拉起他的手，手軟軟垂了下來。可憐的孩子，船上發生的事情絕不適合讓這個年紀的孩子目睹。難怪她一直不肯開口說話。

我們替奈文舉辦了小小的追思會。妮娜替他禱告。所有人靜靜坐著，試著一人一句湊出一段完整的悼詞。最後蘭伯特說：「他的節目做得超級好。」

陌生人聽了跪坐起來。「一定還有別的事情可說吧。」他穿著亞尼斯在遊艇上穿的正式白襯衫，用眼神打量每一個人。

「奈文有三個孩子。」我試探性地說：「他想當一個好爸爸。」

「他唱歌很好聽。」亞尼斯說：「記得他之前唱約翰．B那首歌嗎？」

「他是否有愛人的能力？」陌生人問：「他照顧貧窮的人嗎？他處事態度謙卑嗎？他敬愛神嗎？」

蘭伯特做了一個怪表情，以示不滿。「放尊重點好嗎？他都死了。」

昨晚我做了一個夢。我睡在救生艇上，被一陣吵鬧聲吵醒。我望向海平線，只見一艘巨大的遠洋船艦堵在眼前，龐大的白色船身開著一排排舷窗。甲板上的人都在揮手，好像二十世紀初紐約港口的風情，但我很清楚船上的人都是銀河號的乘客。我聽見他們大喊：「你們都跑哪去啦？」「一直在找你們欸！」多比也在他們之中，頂著招牌的長髮，露齒而笑。他揮舞一瓶香檳，要我過去跟他一起喝。

我抽動了一下，驚醒過來，瞇眼看著太陽升起。海平面上什麼也沒有。沒有遠洋船艦，沒有愉快的乘客，只有全世界最筆直的海平線，從這裡延伸到被人遺忘之處。

我感覺身體就像洩了氣一般。那時我莫名感到死亡正在壯大，就要把我吞噬。安娜貝爾，我不知道為什麼會這樣想，之前我並沒有想過瀕死這回事。我把死亡的想法推開。人明明知道自己會死，心底深處卻不相信死亡真會到來。大家暗自認為自己被死亡判了緩刑，醫療進步帶來的新藥能粉碎我們必死的命運。當然以上都是妄想，只是阻擋我們面對未知恐懼的屏障。直到死亡就出現在你面前，明顯到無法忽視的時候，任何妄想都會粉碎。

親愛的，我現在就是這樣。人生終點不再只是模糊的概念。我想起那些隨著銀河號消逝的生命，譬如小黛，譬如藍格哈里女士，還有現在的奈文，他們都被海洋吞噬了。如果沒有遇到救援，我們也會面臨相同的命運，不是死在救生艇上，就是死在海裡，可以想見，最後會剩下一個人，看著其他人離去。人都有求生的本能，但誰又想成為最後死的那個人？

我想完這些事情，抬頭一看，發現愛麗絲爬到我身旁。她睜著大大的眼睛，表情溫和，很多孩子剛睡醒都會露出這樣的神態。過了一會，陌生人也來到愛麗絲身邊一起看著我。我不大自在。

我說：「不用特別陪我，我只是在想事情而已。」

陌生人說：「想你的命運。」

「之類的。」

「或許我幫得上忙。」

我笑出來。「何必幫我？我如果是神，我早就放棄我自己了。」

他說：「但你不是神，而且我沒有放棄你。」

他把手指交叉在嘴前，示意我不要說話，自己卻說起來：「你知道我創造世界時，做了兩個天堂？」

「**你**創造了世界喔。」我覺得他在胡扯。

「沒錯。」他不理會我的嘲弄。「有兩個天堂。」他比出手勢。「上面的跟下面的。有時候，身處中間的你能同時看見兩個。」

小愛麗絲看著陌生人。我不明白她為什麼這麼崇拜他，她應該完全聽不懂這個人在說什麼才對。

「不要再說了好嗎？你看不出來我們都快死了嗎？」

「世界上到處都有快死的人，但他們也持續活著。每當他們呼吸，都能發現神贈與塵世的榮耀，只要細心體會就能發現。」

我轉向深藍色的大海。

「老實說，這裡感覺比較像地獄。」

「我敢跟你保證，地獄不是這樣。」

「想必你知道地獄是怎樣？」

「是的。」

我停下來又問：「真的**有**地獄嗎？」

「地獄不是你想像中的那樣。」

「壞人死掉之後，又會怎樣呢？」

「班傑明，為什麼要問呢？」陌生人靠過來。「你是不是有話想跟我坦白？」

我怒瞪了他一眼。「走開！」

6

海洋

該來提提多比這個人了。妳需要知道他，全世界都需要知道他。該從哪裡說起呢？其實我不知道他發生了什麼事，但我想應該跟其他人一起死了吧。在銀河號上的最後一晚，我和多比沒有聊天，尤其在那之前，我才跟他表明：「我不會幫你。」他氣壞了，覺得我背叛了他。我能體會他的感受，畢竟他覺得我們都為了同一件事而憤怒。

但是安娜貝爾，要炸掉銀河號是他的主意，不是我的。要不是去年夏天妳離開我之後，他出現在我家門口，我早就靜靜地含恨離開人世。

多比相當容易情緒激動。小時候，他就會和學校老師爭論，和當地的小混混打架，帶著一群孩子在塵土飛揚的路上騎單車。多比騎車總是衝第一個，轉彎也搶第一。多比就像是男孩T恤上的叛逆頭像，吵鬧且桀驁不馴。他頂著一頭亂蓬蓬的黑髮，經常皺著眉頭，嘴角下垂，一副經常挨罵的樣子。在我們搬來美國兩年後，愛爾蘭的姨丈過世，多比便和他母親、也就是我阿姨來到波士頓。當年我九歲，多比十一歲。我偷聽到阿姨和我媽媽說：「那孩子跑起來，好像是被魔鬼拉著跑。」

多比腦袋很聰明，比任何人都聰明。他一直在看書，從圖書館借書照三餐讀。就是因為他，我才開始閱讀和寫作，我想要變得更像他。我和他之間總是在比賽，像是誰可以編出最可怕的鬼故事，而他總是贏，因為他的想像力比我更豐富。另外，在我還不瞭解「公平」是什麼之前，他已經不惜一切代價追求公平了。

我還記得多比十四歲時，把四個比我們還大的男孩子嚇個半死。當時他們丟石頭打野貓，多比立刻抄起垃圾桶蓋子往他們身上砸。「混帳！野貓被你們丟石頭就是這種感受！」他們逃走之後，多比把野貓抱在懷裡，這時他變成另一個人，又溫柔又有耐心。「沒事了，現在安全了。」

在我的小小世界中，沒人像多比這樣，我真的好崇拜他！他只比我大兩歲，但是以孩子來說，兩年的差距就足以決定誰當老大、誰當跟班。多比每次看到我，都會眨眨眼用誇張的語氣問：「小班，最近怎樣啊？」我聽了總是笑出來，覺得自己和貧窮小社區的明日之星是有所連結的。我們那時都還小，但是我把他當偶像崇拜。多年後就算自己應該更懂事了，幼時崇拜的對象依然持續影響著自己。

「小班，這些人簡直混帳。」多比第一次在報上看到銀河號的報導時，這樣跟我說。那時候我正在炒蛋。自從他突然身無分文、醉醺醺地出現在我家門前，唱著〈再見了，姑娘〉（Bella Ciao），我們就一起在波士頓合租公寓。那時我已經有好幾年沒看到他了，他太陽穴附近的頭髮都白了。

「他們以地球之王自居，替其他人決定好壞。」

「喔，對呀。」

「而這場鬧劇你竟然也有份。」

「我就在蘭伯特的船上工作，我有選擇嗎？」

「你不覺得那個人很噁心嗎？說什麼要改變世界，看看他是怎麼對待你的？」

「對啊。」我嘆口氣。

「你為什麼不採取行動呢?」

我抬頭看他。

「什麼行動?」

「我有一個朋友……」他聲音慢慢變小，然後抓起報紙默默看了起來。接著他眼神直直地看著我，表情冷靜得嚇人。

他說：「小班，你信得過我嗎?」

「老兄，當然啊。」

他淡淡一笑。「那**我們**來改變世界吧。」

事情就是這樣開始的。

多比的朋友是搖滾樂團的巡迴總召，服務的樂團包括準備在週五晚上前往遊艇表演的 Fashion X。這些年來，多比跟著不同的製作團隊擔任巡迴工作人員，存下微薄的儲蓄。他對樂器很有一套，也喜歡旅行、移動，以及快速搬演的表演活動。

我知道他在做哪些工作，卻不知道他把巡迴演出的人脈利用在恐怖的計畫上，還把我牽扯進去。多比想要透過朋友加入Fashion X的表演工作。他會把器材先運上船，包括樂器、擴大器、音控台，還有一個不該出現的物品。

水雷。

安娜貝爾，我那時不知道水雷是做什麼用的。現在我知道了。多比跟我說，那是海軍使用的一種爆裂性裝置，用磁力吸附在船底下。蛙人會偷偷把水雷裝在船底，再遙控引爆。這種從二戰就開始使用的武器，多比到底是從哪裡入手的，我永遠無從得知。

顯然他還是弄到了一枚水雷，並且和樂器一起運上船。禮拜五，也就是航行的最後一天，那天下午他要我到第二層甲板幫他扛鼓箱。我們獨處時，多比停下腳步，打開箱子，稍微把蓋子掀起來給我看。

「你看。」裡頭是一個圓形的深綠色裝置，直徑大約一呎，高六吋。

「這是什麼？」

「這玩意可以把遊艇炸沉，還有蘭伯特和他有錢的朋友。」

我震驚到沒辦法回話，呼吸急促，視線掃向走廊。多比開始低聲交代，要我到了晚上銀河號拋錨時，用繩子把他垂到海裡。他再把水雷貼在水位線以下的船身，在那裡引爆可以造成最大傷害。

他說什麼，我幾乎都沒聽進去，腦袋一直轟轟作響。

「你在**說**什麼？」我最後終於結結巴巴發問：「我從來——」

「小班，你聽我說。你知道這會造成什麼效果嗎？遊艇上有前任總統！有長期剝削別人的高科技產業富豪！還有銀行家、避險基金投資人員！最棒的是王八蛋蘭伯特也在船上！所謂的宇宙之王都在船上，讓我們一網打盡，簡直創造歷史啊，小班！」

我用力把蓋子蓋上。「多比！」我心情激動。「你這是在**殺人**。」

「殺一些對別人很差勁的人。他們操控、剝削，就像蘭伯特一樣。你也痛恨他，不是嗎？」

「我們不能扮演上帝。」

「為什麼不可以？反正上帝也沒有出場啊。」

我沒有回應。他揪住我的手臂。「兄弟，拜託你了。」他壓低聲音。「這是我們的時刻。為了我們從小忍受的屈辱，為了你母親，為了安娜貝爾。」

他提起妳的名字讓我反應很大，幾乎要把舌頭吞進肚裡了。

我不敢大聲問：「那我們會怎樣呢？」

「喔，我們是這計畫的主謀。」他鼓起雙頰。「會隨著計畫落幕一起謝幕。」

「你是說……」

「我**是說**——」他不讓我繼續往下講，多比瞇眼盯著我。「你可以覺得這件事很重要，或者完全不重要。你想要全世界聽到你喊話，還是下半輩子繼續當一張腳踏墊，幫有錢人擦亮他們的王座呢？」

剛才腦中的轟轟作響變成一把錘子，敲打我的太陽穴。我覺得頭好暈。

「多比，你是不是想**死**啊？」

「總好過像螞蟻一樣苟活。」

安娜貝爾，直到這一刻，我才知道他瘋了。

「我不會幫你。」但我的聲音小到幾乎聽不見。

他眼神閃動。

「我不會幫你。」這次音量比較大了。

「拜託你嘛。」

我搖頭。

他看了我一眼。那個眼神我難以形容，帶著悲傷、背叛、不可置信，好像我讓他失望到了極點。他用這種眼神看了我許久，下唇就像他小時候那樣習慣往下撇。接著，他閉上嘴巴，清清喉嚨。

「好吧，你這種人就是這樣。」

他抬起箱子，轉過身背對我走進廊道，穿過一扇門後失去了蹤影。親愛的，我竟然沒有阻止他，我完全沒有。

陸地

「加提，」派翠絲朝樓下喊：「誰打電話來？」

盧福勒嘆氣，還以為她睡著了。

他往樓上喊：「不重要！」

他聽見太太的腳步聲在樓上移動，他趕緊把筆記本塞進公事包，再把足球比賽的音量調大聲。

派翠絲突然出現在門口。

「禮拜天晚上，有人打電話來家裡，還說不重要？到底怎麼回事？」

他伸手按住額頭，用力擠壓，彷彿要把答案擠出來。

「好吧，」他放棄。「被沖到北岸的不是什麼垃圾，而是一艘小艇。」

「什麼樣的小艇？」

「救生艇。」

「沒有。沒有屍體也沒有活人。」盧福勒沒有提到筆記本。

她坐下來。「上面有……」

「是什麼船上的救生艇，你知道嗎？」

「嗯，」他深嘆一口氣。「是銀河號，去年沉沒的那一艘。」

「載了很多有錢人的那一艘？」

他點點頭。

「剛才打來的是？」

「《邁阿密先驅報》的記者。」

派翠絲伸手拍拍盧福勒的手臂。「加提，新聞說乘客都**死**在船上了。」

「沒錯。」

「那是誰登上了救生艇？」

海洋

今天的海水是濃稠的藍寶石色，天空牽絆著縷縷雲絲。自從銀河號沉船後，已經過了整整兩個禮拜。我們的食物都吃完了，之前暴雨降下的雨水也喝完了，所有人體力虛弱，士氣低落。

我的思緒一直卡在「救」這個字眼。船上的陌生人拒絕拯救我們；藍格哈里女士想要搶救望遠鏡，結果掉進海裡；當初要是我阻止了多比，不讓他放水雷，或許可以拯救整船人。

回想起船上的最後一個下午。多比和我分道揚鑣，我頭痛了好久，胃痛也沒有停止，還因為服務客人的速度不夠快，被領班罵了兩次。只要一有空，我就搜尋多比的身影，掃向走廊，越過欄杆往下找，一直沒有看到他。畢竟那是活動的最後一天，大家忙進忙出。

我沒阻止他，或許是因為我拒絕接受現實，或許我覺得多比不會真的放手一搏，他在我心目中從來不是個殺人犯。或許他內心充滿憤怒、憎恨，一提到階級、財富、特權就連珠炮般停不下來，但他會成為殺害無辜陌生人的凶手嗎？一個人的本性可以改變這麼多嗎？還是我想像力太貧乏了，才無法相信他會幹這種事？

「小班，」尚．菲利浦喊我：「不要待在太陽底下。」

尚．菲利浦和其他人都躲在帆布棚底下，但是亞尼斯爬了出來，在船邊往外頭小便。所有人現在都像小嬰兒爬行那樣，行動緩慢。

尚．菲利浦又說：「快來吧，我的朋友，你都快曬傷了。」那時是正午，是最不適合在太陽底下曝曬的時段。我不知道自己曬了多久，便倒退往尚．菲利浦那邊移動，躲到帆布棚底下。

大夥安安靜靜的，伸直曬傷起水泡的腿，像堆疊的圓木般疊在彼此身上。蘭伯特戳著汽車雜誌。陌生人發現我在看他，露出一抹神祕的微笑。我轉過頭去，發現亞尼斯在帆布棚外，跪著盯著天空。

「哇，天啊，」他聲音放低。「大家不要動。」

妮娜問：「怎麼了？」

「有鳥。」

大家眼睛都亮了。鳥？妮娜起身往外看。潔瑞伸手擋住她，要她保持安靜。眾人聽到微弱的振翅聲，一道黑影掠過上頭的帆布。

一對鳥爪就在我們頭上移動。

「小班，」亞尼斯沉著嗓子。「鳥快要走到帆布邊緣了。」

我看看亞尼斯，然後雙手一攤。他想要我怎樣呢？

「等我的指示，你就伸手抓牠。」

「**什麼**？」

「你離牠最近，你來抓。」

「為什麼要抓鳥？」

「抓來**吃**啊！」

我聽了直冒汗。其他人看著我，蘭伯特露出一臉凶樣。

他說：「去把那隻臭鳥抓來。」

「我**做不到**。」

「你做得到！快去！」

妮娜說：「小班，就靠你了。」

「牠走到帆布邊了。」亞尼斯聲音低而沉穩。「等我下指令，你就伸手抓牠的腳。」

我嚇得一動也不敢動。

「準備……」

我將手往帆布的方向伸去，同時想像那隻鳥的外型，心裡祈求牠趕緊飛走，救救牠自己，救救我。

亞尼斯說：「要來了……」

潔瑞說：「放輕鬆，小班。」

尚・菲利浦說：「你可以的。」

我低聲說：「但我不想啊……」

蘭伯特說：「**抓**就對了！」

我兩隻手都在發抖。亞尼斯說：「就是現在！」

「等一下——」

「小班，現在！」

「不要啦！」我邊抱怨邊快速伸手，一把抓住鳥的雙腳拖了下來。鳥爪上有細小的鱗片凸起，我緊緊握住。鳥死命地振翅，發出淒慘叫聲。我從帆布底下溜了出來，白色的鳥羽掃過我的下巴，細長的白色鳥身掙扎、扭動，攪緊身子想掙脫，還用鳥喙啄我的手指。我緊緊抓住牠，也緊緊閉上眼睛。

我大聲問：「接下來呢？」

蘭伯特大喊：「殺了牠！」

「不行，我做不到！」

鳥叫聲愈來愈可怕，好像在說：「**饒了我吧！我不屬於這裡！讓我走吧！**」

「對不起！對不起！」

「別放手啊！」

「小班！」

「對不起！」

亞尼斯來到我面前，抓起鳥頭猛力一扭。啪一聲，鳥死了。鳥羽落在我胸前，我滿臉都是淚水，先看看死去的牠，再看看亞尼斯，然後看著所有的人，包括那個自稱為神的陌生人。我高聲質問：「為什麼？」

新聞

主播：今晚是記者泰勒・布魯爾製作的紀念節目第十二集。主角是銀河號上的罹難者，也是前途炙手可熱的年輕外交人員，可惜他英年早逝。

記者：亞尼斯・麥可・帕帕達普勒斯一九八六年出生在雅典郊外。他的父親是前任希臘總理，母親則是知名的歌劇名伶。亞尼斯早年經常搬家，先是就讀康乃迪克州的名校喬特預備學校，接著進入普林斯頓大學就讀，之後繼續待在美國，於哈佛取得ＭＢＡ學位。

他畢業後回到希臘創業，引發不少關注。他開發的度假租賃服務，後來成為希臘最成功的訂房網。

他之所以人氣暴漲，是因為《時人》雜誌在介紹外國名人的特刊中，將他列為當代最性感的希臘男子。他參與過兩部小型電影的演出，也經常出現在國際名流派對舉辦的地點，如蔚藍海岸、伊比薩、聖巴特島。

亞尼斯三十歲時，父親喬治歐執意要他回國，希望他「認真一點過活」。

喬治歐：我兒子很有天分。他還很小的時候，就能用心算解開複雜的數學算式。我總是想，要是他專心研究經濟之類的領域，加上他與生俱來的領導能力，一定可以為國家效力。

記者：一年後，亞尼斯憑著名氣加乘，首度參選國會就打贏選戰。幾年後，儘管其他內閣成員反對，他還是被提名為希臘駐聯合國大使，成為希臘史上最年輕的代表。有批評指出，亞尼斯是「靠爸」才成為代表，他卻成為出色的發言人，在希臘爆發嚴重財政危機時，替國家爭取到國際紓困款項。

三十四歲的亞尼斯，是蘭伯特邀請的賓客中最年輕的一位。現在他應該不在人世了，他短暫的人生和前景光明的政治生涯，都成為悲劇海難的犧牲品。

海洋

現在是第十七天，將近午夜時分。我的天使，很抱歉，最近我都沒有辦法寫東西。自從亞尼斯把鳥頭折斷後，我就像被人下了藥一般，不知那件事為什麼對我的影響這麼大。垂著鳥羽的屍身癱軟在我胸前的感觸，一直無法抹去。我的身體沉重，幾乎沒法坐起身來。

妳可能想知道接下來發生了什麼事。其實有好幾分鐘，大家一點動作都沒有。船上沒有人知道該拿一隻死鳥怎麼辦，所有人只是面面相覷。最後尚・菲利浦說話了。

「潔瑞小姐，」他聲音很悶。「可以把刀給我嗎？」

尚・菲利浦開始剝鳥皮，折斷翅膀，切下鳥頭。妮娜打了個哆嗦，問尚・菲利浦是否知道自己在做什麼。他說他很清楚，因為小時候他在海地經常殺雞，處理雞肉跟鳥肉差不了多少。但他看起來並不開心，或許從前殺雞也算不上樂事吧。

肢解過程中，鳥血和內臟噴了出來，我們不禁挪開身子。最後尚・菲利浦切下鳥胸，那裡是肉最多的部分。他把鳥胸肉切成長條，要每人各拿一條。

蘭伯特問：「這是要生吃嗎？」

「可以用太陽曬乾。」亞尼斯拿了一條肉。「如果你想等兩天的話。」

亞尼斯咀嚼著鳥肉。妮娜別開頭不去看。潔瑞拿起一條肉給愛麗絲，她則轉交給陌生人，這好像已經變成她的習慣，所以潔瑞又給了她另一條肉。沒多久，所有人都在費力地咀嚼鳥肉。我實在提不起勁加入。

「吃嘛。」尚・菲利浦跟我說：「你得吃點東西。」

我搖頭。

「別因為殺了鳥就感到愧疚，你是為了我們才這樣做。」

我看著尚・菲利浦，眼中充滿淚水。如果他知道真相就好了，我才沒有為這些人做什麼，我沒有在最緊要的時候幫助他們。

我望向陌生人。他一邊吃肉一邊盯著我，他吞下肉，露出笑容。

「班傑明，我就在這裡，你要是想說話就來找我。」

今天日落後，我發現妮娜和亞尼斯肩並肩坐在一起。在這艘救生艇上，坐在誰旁邊並不代表什麼，畢竟空間就是這麼狹小，總得挨著另一個人坐。奇怪的是，我們這麼快就習慣窄小的空間，彎腰讓別人通過，把腿縮起來好讓其他人伸展四肢。我想蘭伯特、潔瑞、亞尼斯都住慣大房子裡的寬敞房間，他們現在一定覺得這個環境很怪異。

不過妮娜和亞尼斯坐得這麼近，沒有特定目的，只是想要互相陪伴。他伸手越過她身後，把手靠在救生艇的邊緣。有個片刻，她把頭靠在他的肩膀上，一頭瀑布般的長長黑髮流淌在他胸前。他會捏一捏她的手臂，親吻她的額頭。

我看到這裡立刻轉頭，不知是顧忌他們的隱私，還是嫉妒他們的關係。缺水讓我們焦渴、饑餓難耐，到頭來我們最想要的，還是某種慰藉、一個溫柔的擁抱，或是有人輕聲細語地安慰：「沒事，沒事。」

或許，妮娜和亞尼斯在彼此身上找到了慰藉，我則是透過寫作抒發。安娜貝爾，我把想法從腦子轉到指尖，透過筆尖寫到紙上，再傳達給妳。

妳是我的慰藉。

現在看來我會死在海上。若真如此，我希望寫下幾段關於自己的故事，讓世人瞭解我的人生。我完全不奢望這本筆記會代替我前往我到不了的地方，但是當你失去大志，就會把希望寄託在微小的事物上。或許會出現其他轉折，讓這本筆記公諸於世。

我的人生簡歷如下：我是家中的獨生子，出生在愛爾蘭北部小鎮卡多納的多尼戈，那附近因為大西洋和赫布里底海的海水交會，水流湍急。我的母親和其他愛爾蘭孩子一樣，喜歡在附近的高爾夫球場打球。十八歲時，她的球技已經非常高明，贏得當地錦標賽，被招待了一趟客運之旅，前往蘇格蘭觀賞英國公開賽。我後來才知道她在旅程中認識了我父親，其實也可說是偶然巧遇，因為他們隔了好幾年才又見面。總之，九個月後我出生了。不管我怎麼問，母親從不提起他的名字，而且她也不再打高爾夫球了。小時候，我曾在深夜聽到她在廚房裡和一個聲音低沉的傢伙吵架，我以為那個人就是我爸，其實那只是她之前的對象，原本可能和她結婚，結果她卻去了蘇格蘭一週，「毀了妳自己。」那人不斷嘶吼著這五個字。就算我把自己埋進枕頭，那些話依然讓我永遠為了自己的存在而羞愧。

我的阿姨艾蜜莉亞是多比的媽媽，姨丈名叫卡薩爾。在我七歲那年的某個早上，阿姨和姨丈載著我和母親前往當地機場；草皮跑道才剛改建成柏油跑道。我們把行李交給搬運工，就此飛離家園。

我們在暴風雪中抵達波士頓。美國腔的英文我聽不懂，車輛和路邊各種數不清的招牌，如甜甜圈、麥當勞漢堡、啤酒，讓我頭昏眼花。我們住的公寓旁邊是一間義大利烘焙坊。後來母親在輪胎工廠找到工作，我就去上學了。我的課業表現很差，老師都上了年紀又很冷漠，下課鈴終於響起時，他們跟我一樣感到如釋重負。

我一直不曉得為什麼母親要搬到美國，還特別要搬到波士頓。直到某天下午我放學回家，發現她站在鏡子前，身上穿著我從沒看過的緊身銀白洋裝，妝髮特別打理過，簡直變了一個人，她突然綻放的美麗是如此驚人。我問她要去哪裡，她只說：「也該是時候了。」我問：「什麼時候？」她說：「見你爸爸的時候。」

我不知道她在說什麼，那時我對美國還很陌生。在我兒時的想像中，母親應該是出了城去到山丘上的某個房子，裡面有許許多多的父親在寂寞的房間裡等待，等著失聯已久的新娘們回去跟他們團聚。她會走到櫃台前，服務人員就對焦急的男人們大喊母親的名字。這時一位很帥、很強壯、留著黑色鬍碴的男子起身大喊：「是我，就是我！」然後跑向母親迎接她，她的來臨代表他的祈禱應驗了。

結果，事情並不是這樣。

不管母親要見的人是誰，他都沒有熱烈歡迎她。那天晚上，我被她房間傳出的砸東西聲給吵醒。我跑過去，看見她用剪刀剪碎她那身洋裝。她的妝布滿淚痕，唇膏都花了。她看見我的時候，大喊：「走開！走開！」即使是當時，我都知道她只是在複誦我父親對她說的話而已。

她幾乎沒跟我提過他的事情。我只知道他很有錢，住宅位於燈塔山上。母親想一再重申他真的在乎我，但我知道她在撒謊，我看見她說話時眼中的心碎。那時候我明白了，她一直在準備這一晚的會面，她想要讓我們家完整，成為真正的一家人，洗刷「作踐自己」的批評。結果她卻碰了釘子，讓父親成為在我心中真正的混帳，而我則是混帳的私生子。

就許多層面而言，我母親的為人相當矛盾。她瘦弱、體力不好，卻獨立養活我和她自己，而且讓我們移民到一個陌生的國家。在她期盼已久的會面計畫徹底瓦解後，她還是繼續做她該做的事情，在工廠孜孜不倦地工作，而且超時工作、週末加班。我發誓她一個人的工作量抵得過五個男人。但是有一天，她從鷹架摔下來傷了脊椎，傷勢非常嚴重，從此無法行走。工廠為了擺脫賠償責任，在法庭上聲稱母親是應注意而未注意。我母親從來不是馬虎的人。

經過這次意外，她的精神大受打擊，一直看著無聲的電視，有時好幾天不吃飯。她再也不提工廠意外或我父親的事，但我明白她爭取更好人生的偉大計畫已經失敗了。而失敗的氛圍揮之不去，縈繞在我們吃飯的小廚房、慘綠色的浴室，還有油漆剝落、地毯褪色的臥室。有時候，我推她出門散步，她會無來由地哭起來，通常是有人牽著狗走過來，或是有小孩在打棒球。我經常感覺她觀看那些活動的同時，其實心不在焉，在想其他事情。景象總是直接穿過心碎之人。

她最常跟我提起的建議是：「這輩子總要找個信得過的人。」在我的動盪童年中，這個角色就是由她來扮演；在她晚年，我也為她扮演起同樣的角色。在她死後，我的心情總是很沉重，呼吸困難，身子老是直不起來。我擔心自己是不是生病了，現在我知道這不過是愛的能量卡在身上，沒有承擔的對象罷了。

我擔負著這份愛，在世界上尋找一塊地方讓我卸下重擔，但我一直找不到適當的場所或對象，直到我找到了妳。安娜貝爾，從許多方面來看，我都是個悲慘的男子，可能還很倒楣，但我終於在最需要的時候走了運。一起欣賞煙火的那一晚，我們互留了姓名。妳睜大眼睛看著我說：「班傑明．可尼，以後要不要跟我約會？」我聽了快要嚇死，根本答不出話來。這個反應好像讓妳覺得很妙，妳帶著笑容起身說：「好吧，等你想約再約。」

與妳相遇之後，我的工作、我住哪裡、我對事情的看法等等人生其他的部分，好像都不重要了。安娜貝爾，我有妳就好，只要妳就好了。這一頁都快寫完了，我發現還沒寫到最後一行，我已經可以為自己的人生下結論。

我在世界上活到三十七歲，大部分時間都在當一個笨蛋，最後還辜負了妳，完全如同我一直害怕的那樣。

關於一切的一切，我感到很抱歉。

陸地

盧福勒喝乾剩下的咖啡，將吉普車熄了火。今天早上萬里無雲，而且天氣預報說將是悶熱的一天。

盧福勒提著公事包走到警局前門，心裡想好要利用哪些空檔閱讀筆記。昨晚他已經開始讀了，雖然被派翠絲打擾，不過他看到的部分足以讓他瞭解救生艇上發生了怪事：船上的人發現有一名男子在海上漂流。

妮娜拍拍他的肩膀說：「總之，感謝神讓我們發現你。」

聽到這裡，男子終於開口。

他聲音很輕。「我就是神。」

這本筆記本的出現，以及它再度激起的銀河號船難謎團，讓盧福勒非常頭痛，但他現在只想知道救生艇上的人怎麼看這個自稱為神的人。要是盧福勒遇到神，他會有一大堆問題想要問祂，他懷疑神不會喜歡他。

他想起羅姆，想起自己之前要求他中午左右來警局一趟。**這傢伙竟然沒有手機**。盧福勒才推開門，兩個人立刻站起身。其中身材較壯的那位穿著海軍藍西裝，襯衫領口敞開。另一位是誰，盧福勒馬上認出來，是他的上司——局長藍納·史普拉格。

史普拉格說：「加提，我有話要跟你說。」

盧福勒很緊張。「去我辦公室？」他責怪自己聽起來戒備心太重。

史普拉格年紀較長，禿頭、蓄鬍、身材臃腫，擔任局長超過十年。通常他和盧福勒每兩個月才會在總局碰到面。這是局長第一次跑到分局來。

局長開口：「據我瞭解，你找到了銀河號的救生艇？」

盧福勒點頭。「我才剛要寫報告——」

比較壯的那名男子打岔：「在哪？」

「什麼？」

「救生艇在哪裡找到的？」

盧福勒勉強笑了一下。「抱歉，請問你是……」

「在哪裡找到的？」男子尖銳地追問。

「加提，你就說吧。」

「北岸，瑪格麗塔海灣。」

「還在原地嗎？」

「嗯，我吩咐當地的……」

那名男子已經起身往門邊衝去。「走啊！」他回頭大喊。盧福勒轉向史普拉格。

「現在是什麼情況？」他壓低聲音又問了一句：「**那個人**是誰？」

「替傑森・蘭伯特工作的人。」史普拉格用食指和拇指搓了一下：錢。

7

新聞

主播：今晚記者泰勒．布魯爾將獻上紀念特輯的最後一集。主角是一位游泳健將，也因為這起船難悲劇而喪生。

記者：謝謝主播。比起陸地，水世界更像是潔瑞．黎德的家。她從三歲起，就在故鄉加州米申維耶霍當地的游泳池展開水中生涯，不到十歲就參加國內競賽，她自稱「住在游泳池裡」。她的母親是游泳教練，父親是海洋攝影師，潔瑞毫不意外在十九歲就取得奧運入場券。她曾經參加雪梨奧運，在蛙式項目贏得一面金牌，接力項目獲得兩面銀牌。四年後，她再度入選代表隊，在雅典奧運奪得一面銀牌。之後她宣告退休，成為全球大使，為饑餓慈善活動奔波一整年。

黎德在二十六歲時決定去讀醫學院，但只讀了兩個學期就休學。她說自己退出職業競賽之後就閒不下來，在曾獲邀參加美洲盃帆船賽的遊艇雅典娜號上工作一年。

後來黎德與健康公司合作，推出專門服務運動員的健康中心「Water Works！」，大獲成功。黎德留著招牌金色短髮，略帶嘲諷的機智說話方式深受粉絲熱愛，順理成章成為公司廣告的代言人。

潔瑞未婚也沒有小孩，不過她經常提起游泳啟蒙課程對孩子的重要性。「怕水是人類的原始恐懼之一，愈早克服，愈有餘裕克服其他恐懼。」

這次船難，黎德跟將近四十多名乘客一起消失，年僅三十九歲。

「潔瑞是年輕女性的楷模，也是她們的先驅。」美國游泳協會的發言人育安·羅斯表示：「不論是比賽隊伍或是人生隊伍，你一定想要潔瑞這樣的隊員。失去她真是一場悲劇。」

海洋

親愛的安娜貝爾，自從上次提筆記錄，又隔了好幾天。我的身體和靈魂都被軟弱把持，幾乎無力提筆。中間又發生了好多事，有些到現在我仍無法接受。

在救生艇上漂流到第十九天，饑餓和乾渴完全掌控了我們。之前那隻鳥身上所有能吃的部分都被我們吃完了。潔瑞用一些鳥肉做成球餌釣魚；她用鳥細小的翼骨當作魚鉤扔進水裡。大家疲憊不已，還是爬到船邊看她釣魚。這時亞尼斯大喊：「看哪！」遠方的烏雲正在集結，像只漏斗從天上插進海裡。

「要下雨了。」潔瑞啞聲說，她因為脫水幾乎講不出話。想到可能會有淡水可喝，我們心情振奮起來，不過這時開始起風，海浪變得很強勁。我們被吹得起起伏伏，每當救生艇從浪頭落下，船底就會直接撞擊海面。

亞尼斯喊：「大家抓好了。」潔瑞、陌生人和我都用手臂攀住安全繩，蘭伯特、妮娜、愛麗絲、尚．菲利浦則躲在帆布底下。救生艇像是遊樂設施那樣彈跳著，自從銀河號沉船後，我們都沒有遇到如此激烈的海象。天空陰沉沉的，小艇被高高抬起，我發現潔瑞看著我身後，瞪大了雙眼。

她呼喊著：「小心啊，小班！」

我一轉頭，剛好看到巨浪襲來，浪花就像海怪打呵欠般張開嘴，把我們吞進去，小艇幾乎都要翻過去。這時水花如瀑布傾瀉而下，我為了保命緊緊抓住繩子。這陣水霧中，我看見一個人影從帆布底下滾出來，被水沖往小艇邊緣，翻進海裡。

「妮娜！」亞尼斯大喊，一秒鐘、兩秒鐘、三秒鐘過去，救生艇平穩下來。妮娜的呼救聲穿過海浪而來。她人在哪裡？

「那裡！」潔瑞指示：「左邊！」

我還沒反應過來，亞尼斯已經跳進海裡往妮娜游去。

「亞尼斯，不要！」我喊著，又一陣浪頭把小艇掀起來。海浪形成一堵牆，倒在我們頭上。我氣呼呼地抹去眼前的海水，看見妮娜的頭在遠方浮浮沉沉，離我們足足有二十碼。另一個浪頭打來，潔瑞想要划過去。我勉強移動到她旁邊，高分貝喊道：「另一支槳給我！」接著又是一陣衝擊和海浪的洗禮。

「他們跑去哪了？」我高聲喊，揉了揉眼睛。「他們跑去哪裡？」

尚・菲利浦高聲說：「那裡！」

他們被打到右方，距離拉得更遠了。亞尼斯終於游到妮娜身旁，兩個人緊緊擁抱。他們一下子沉下去，一下子浮上來。不斷有浪打來，最後再也看不見他們的身影。

「潔瑞！」我發問：「現在該怎麼辦？」

她喊：「划啊！」

「划去哪？」

她扭著頭察看。這是她第一次無法給我們答案，因為沒有答案。亞尼斯和妮娜消失在我們面前。我和潔瑞瘋狂划槳，我們劃開浪頭，破浪前進。打在臉上的風速太過強勁，弄得我滿臉淚水，幾乎看不清眼前景象。我們就像黑膠唱片那樣轉個不停。

他們兩人從此失去下落。十分鐘後，我虛弱的肌肉發出劇痛，無法繼續。我往後一倒，哀嗚：「不要！」結果另一道打進來的海浪將我全身浸濕，彷彿想藉此讓我閉嘴。狂風繼續呼呼作響，小艇的積水深度已達小腿高度。其他人抓著繩子緊盯海平線，刻意避免眼神交會，不想說出大家都明白的事。又失去了兩個人。我能聽見海風怒吼中的得意。**你們逃不了的，所有人都會掉進我手中**。

過了許久都沒有人說話。暴風消散，但是一滴雨都沒下。後來早上的太陽回來了，像是不會累的惡魔，準時回來打卡上班。我們低頭看著腳邊，還能說什麼呢？這艘救生艇已經死了五個人，加上銀河號沉船那晚喪命的數十人。海洋在收集我們的性命。

蘭伯特偶爾會說一些模糊不清的話，似乎跟打電話有關。「警衛！叫警衛過來！」都是一些廢話，我裝作沒聽見。小愛麗絲趴在潔瑞身上，緊抓她的手臂。我想起藍格哈里女士替愛麗絲梳頭的那個早上，老太太舔濕指尖、順順女孩的眉毛，一老一小又笑又抱的，感覺已是多年前的事了。

還有可憐的妮娜。打從我在船上遇見她，就覺得她總是相信人性善良的一面，而且她到臨死前都相信救生艇上的陌生人會救她。結果他沒有，他沒有採取任何行動。我們還要忍受他裝模作樣多久？妮娜說，她問過陌生人禱告是怎麼運作的？他說所有禱告都能得到回應。「只是有時候回應是負面的。」

或許，妮娜也得到負面的回應。想到這，我就感到憤怒。我怒瞪陌生人，他用平靜的表情回應我。安娜貝爾，我猜不出他究竟有什麼感覺或想法，也不確定他是否有感覺、會思考。如果我們有食物他就吃，有水他也喝。他的皮膚就跟我們一樣，會擦傷也會起水泡。跟他被尋獲那時比起來，他的臉現在更加凹陷空洞，但他不曾抱怨，也未曾顯露痛苦。或許妄想是他的求生祕訣，所有人都在尋求得救的方法時，他則幻想他是我們的救星。

昨天早上我醒來，看見潔瑞在研究一個修補工具組。

我有氣無力地問：「妳在做什麼？」

「小班，我必須試著把船的底部補起來。現在剩下的人不夠排班舀水，但是再不舀水，小艇會沉的。」

我虛弱地點頭回應。上次鯊魚進攻把底部撞出一個洞，之後大家必須輪流把水舀出已經微微傾斜的小艇。這項差事很累人而且永無止境，還好人手夠多，大家才做得下去。但是蘭伯特舀水的速度很慢，最近他都不幫忙了。愛麗絲也試著幫忙，但她很快就累了。所以只剩下我、潔瑞、尚．菲利浦和陌生人負責。就算大家集體合作，也沒有力氣繼續了。

「潔瑞小姐，有鯊魚啊。」尚．菲利浦反對修補的計畫。「要是牠們回來了，該怎麼辦呢？」

潔瑞把一根槳遞給尚．菲利浦，再把另一根給我。她說：「用力打下去！」她看到我的反應，小聲說道：「小班，我們別無選擇。」

我們等到鯊魚最不可能出來覓食的中午時分，開始動作。尚．菲利浦和我守在小艇兩側，兩個人像累壞的守衛，豎起槳待命。潔瑞深吸一口氣，跳進水中。

之後的半小時，就像是坐在黑漆漆的房子裡，等著殺手現身，沒有人敢說話。我們的視線在海面上來回逡巡。潔瑞來來回回地換氣，說她找到一個洞，雖然不大，但位於水位線之下，膠水和補丁都黏不上去。

她說：「我再用密封劑試試看，並且把洞縫起來。」

我們再度幽幽地看著水面。過了二十分鐘，潔瑞浮上來說她盡力了，然後又再潛到水面下。

我問：「她還下去幹嘛？」

她回來的時候，手裡捧著滿滿的海藻和藤壺。她把那些東西往救生艇上一丟，再讓我們把她拉上來。

「底下有一個……完整的生態系……在小艇底部。」她喘著氣。「有藤壺、馬尾藻，還有魚，但是魚散開的速度……太快了……牠們都吃底部那些生物。」

「聽起來是好事吧？」我問：「竟然有魚？搞不好我們可以抓一條？」

「對啦……」她點頭，氣還沒緩過來。「只是……鯊魚也會來吃魚喔。」

安娜貝爾，現在呢，我再寫一件事就去休息。記錄耗去我很多體力。我必須整理想法，不去想食物和飲水的問題。我幫潔瑞把氣打進補好的救生艇底部，這樣就花了一小時。弄完之後，我跟她都倒在帆布棚下休息。連這種小事都讓人如此疲憊。

不過昨天晚上，我們經歷非常短暫的恩典，看到彷彿不屬於這世界的美景。事情發生在午夜過後，我正在睡覺，閉上的眼皮卻感受到一陣刺激，好像有人開了燈似的。有人發出驚呼聲，我睜開眼，看見全然令我震懾的景象——

整片海洋都在發光。

水面下有一塊一塊的區域閃爍著，像是有一百萬顆小燈泡在發光，從近處延伸到海平面上，散發迪士尼電影片頭那樣的藍白光芒。海水沉鬱、毫無動靜，彷彿決定停在原地，我們就像看著一整面發光的玻璃。這幅景象實在太美，讓我不禁狐疑我的生命是否已經結束，因此看到死後的世界。

尚．菲利浦低聲問：「怎麼會這樣？」

潔瑞說：「這是渦鞭藻，類似浮游生物，受到擾動就會發光。」她頓了頓，「牠們不該出現在這麼遠的海上。」

「我這輩子，」尚．菲利浦讚嘆道：「從沒看過這樣的景象。」

我看著陌生人，愛麗絲睡在他旁邊。我想對她說，**醒醒呀孩子，趁我們還沒死，來看看這美景吧**。

但是我一句話也沒說。我簡直動彈不得，直盯著燦爛的海洋，震驚到無法言語。在我的人生中，從未像此刻一般感覺自己的存在如此微不足道。在陸地上，你要非常努力，才會覺得自己很偉大。一旦面對海洋，就會感到自身的渺小。

「小班，」尚．菲利浦低聲問我：「你覺得這是神變出來的嗎？」

我也壓低嗓子說：「**我們救生艇的**那個神嗎？」

「對呀。」

「才不是呢。我不覺得這是他變出來的。」

藍色光芒在尚．菲利浦的瞳孔中跳動。

「那一定是一股特別的力量吧。」

「嗯，一股特別的力量。」

「一股偉大絕倫的力量。」尚．菲利浦補充完便笑了。救生艇在水中緩緩搖動。

隔天早上，尚．菲利浦消失了。

陸地

盧福勒和史普拉格局長看著身穿藍色西裝外套的男子靠近橘色救生艇。盧福勒站在沙地上挪動腳步。**這個人應該不可能知道那本筆記本存在吧**？

史普拉格問：「你認為銀河號真的有乘客上了這艘救生艇？」

盧福勒說：「誰知道？」

「只能說，那種死法真是太慘了。」

「對啊。」

盧福勒的手機響了。他瞥一眼螢幕。

「辦公室打來的。」他說。

他轉過身把電話貼到耳旁，同時留意救生艇旁的那名男子。

「卡翠娜？」他壓低聲音。「我現在很忙……」

助理說：「這裡有一個男的在找你，他等你等一陣子了。」

盧福勒看看手錶，**可惡**，是羅姆。他要對方中午去辦公室找他。穿藍色外套的男子彎腰查看救生艇內部，摸摸邊緣，他的手很靠近已經空無一物的求生袋。他是不是停止動作了？他是不是發現異樣了？

卡翠娜問：「加提？」

「什麼？」

「那個男的跟我要一個信封，可以給他嗎？」

盧福勒隨口回答：「好啊好啊，都可以……」

那名男子起身。「我要帶走這玩意！」他大吼問：「可以叫輛卡車來嗎？」

史普拉格大聲回答：「馬上辦。」他向盧福勒晃動手指示意。

盧福勒對電話說：「卡翠娜，我要掛電話了。叫羅姆待在那裡別走。」

8

海洋

尚．菲利浦失蹤的那天早上，我在筆記本中發現以下文字：

親愛的小班——

你睡著的時候，我想了很多，我把手伸進海裡碰觸水中的藍光。突然之間，我看到一條大魚靠近救生艇。我拿起槳等待。後來那條魚游了回來，我便拿槳用力打牠，打得正中核心。魚停下不游了，被我抓起來。

有魚可吃，我很高興，但也因為殺了那條魚而感到悲傷。小班，我不希望再用奪取資源的方式活在這個世界上，我希望我離開前做的最後一件事是奉獻。那條魚就請你和船上的其他人吃掉吧，好好活下去。我想要去找小黛，我知道她很安全。我想昨晚是她讓我看見天堂的模樣。她說神在等我。

我為你祈禱，希望你能回家。魚放在袋子裡。

願神保佑你，我的朋友。

我闔上筆記本，低下頭大哭一場，哭到胸口都發痛了，但是眼睛還是跟沙塵一樣乾澀。安娜貝爾，我就是變得如此枯竭，體內已經沒有水分可讓我哭泣了。

那是昨天的事。我告訴潔瑞後，她拿起筆記本自己看了那段文字，然後把本子還給我，直接去看求生袋子裡有什麼。

那條魚就如尚·菲利浦所說，非常大。潔瑞說：「是鬼頭刀。」她用刀把魚肉分解成能吃、能用的部分。救生艇上的五個人馬上吃了一部分的肉（只剩下五個人了，這是真的嗎？）。潔瑞用一條線把剩下的魚肉串起來，用太陽曬乾，讓我們多撐一、兩天。

我盯著魚肉看，為尚．菲利浦感到悲痛。陌生人靠過來，趴在救生艇的船舷上。他那頭打濕的長髮閃耀著水光，黑色鬍鬚也長長了。

我低聲問他：「你知道尚．菲利浦之前打算做什麼嗎？」

「我什麼都知道。」

「你怎麼可以讓他自我了結？為什麼不說服他活下來？」

他直直看著我。「你怎麼不說服他？」

我氣到發抖。「我說服他？我哪能啊！我又不知情！那是他自己的決定！」

「這就對了。」陌生人的口氣很輕柔。「那是他自己的決定。」

我怒瞪著陌生人，這個活在幻覺中、鬼鬼祟祟的陌生人，喜歡假裝自己能操控世界，而且樂在其中。我在那一刻只感到輕蔑。

我厲聲說：「如果你真的是神，早就阻止他了。」

他朝海面看去，搖了搖頭。

「**展開**計畫的是神，中止計畫的是人。」

陸地

盧福勒開著吉普車在島上的主要幹道加速前進。史普拉格和藍外套男子開著另一輛車跟著。再後面則是載著救生艇的卡車。

這時，盧福勒的手機又響了。

「喂？卡翠娜？」他以為是從辦公室打來的，大聲吼道。

「督察，我是《邁阿密先驅報》的亞瑟．科許，前幾天晚上跟您講過電話。」

盧福勒嘆口氣，真會挑時間打電話。

「是你在講，我沒有。」盧福勒糾正他：「我不想——」

「現在我們已經確認銀河號的救生艇在蒙特塞拉特尋獲，而且您和這件事有關。」

「才沒有呢，我只是接到一通電話而已。」

「所以**真的**找到了救生艇？」

可惡，盧福勒暗暗咒罵。為什麼這些人老是愛套話？

「想查證，去跟局長聊啊。」

「小艇上有任何乘客的遺骸嗎？」

「我已經說過了。想詢問任何消息，請直接打給局長。」

「您知道薩克斯頓的人已經組隊前往你們島上嗎？」

「薩克斯頓是什麼？」

「薩克斯頓投資集團，也就是蘭伯特的公司。要是我明天到了島上，要去哪裡找您呢？」

「直接找局長。」盧福勒打斷他。「不准再打來。」

盧福勒掛掉電話，看了看手錶，時間是下午三點。他和羅姆的中午聚會已經遲到三小時，現在過去已經來不及了。盧福勒待會還得先去局長那裡，解釋為什麼沒在發現救生艇的第一時間報告上司（「當時是週日啊！」），接著還要解釋他發現救生艇的經過

（「一個流浪漢在瑪格麗塔海灣上發現的。」）。史普拉格感覺不太高興，他說記者想跟那個流浪漢聊一聊，盧福勒最好趕快把那個人找來。

「加提，不要把這件事搞砸了。搞不好能讓蒙特塞拉特改頭換面呢。」

「怎麼說？」

「島上的觀光已經沒救了。現在除了想去火山廢墟進行死亡巡禮的怪咖以外，誰還想來這座島上？這是我們改變現況的機會。」

「怎樣改變？」

「改變島上的形象，讓大家知道這座島上，除了火山還有別的看頭。蘭伯特這傢伙很有錢，他的朋友同樣富有，而且知名，一定會引發許多關注。」

盧福勒聽了嚇了一跳。「那艘救生艇上可是死過人呢。你要利用這點來發展觀光？」

史普拉格歪著頭問：「你怎麼知道這救生艇上死過人？」

「我……我不知道。」盧福勒結結巴巴。「我只是亂猜的。」

「不要瞎猜好嗎？去把第一個發現救生艇的人帶來見我。」

盧福勒把車開回警局停好，想起筆記本和上面的內容。他想起那個陌生人一開始拒絕拯救小艇上的人。

「必須所有人都相信我說的話，我才能拯救你們。」

盧福勒讀到這裡就沒有往下看了。女兒一過世，他馬上拒絕再尋求神的慰藉。他心中完全無法想像，號稱仁慈的神竟然會對一個四歲的孩子如此殘忍。禱告根本是浪費時間，上教會也是浪費時間，甚至比浪費時間更嚴重。宗教只是一場騙局，讓你把不幸放在假想的天秤上，以為自己死後前往「更好」的天堂，就可以平衡天秤。真是狗屁不通，盧福勒現在總說，厄運就像爆發的火山，你可以轉身逃跑，或是面對它，然後對它破口大罵。

盧福勒走進辦公室。卡翠娜剛把電話掛上，臉色很難看。

「來了喔。我一直打給你！」

「手機關機了。有個記者一直騷擾我。」

「那個男的不見了。」

「羅姆？」

「他沒跟我說他叫什麼名字。他在門廊上坐了大概兩小時，我問他要不要喝點薑汁汽水，他說好。但我把飲料端出來的時候，他就不見人影了。」

「他跑去哪了？」

「加提，我不知道。他沒穿鞋子能走多遠？我打你的電話，至少打了十次！」

盧福勒奪門而出，不忘回頭交代：「我去找他！」他不敢說太詳細，卡翠娜很容易大驚小怪，他現在可不想多添事端。盧福勒把公事包扔進副座，跳上吉普車。這個羅姆。他開始希望自己從來沒遇見他。

海洋

今天看到了一架飛機。

第一個發現的人是潔瑞。大家體力過於虛弱，大多時候都躺在帆布棚底下，昏昏沉沉的。當時，潔瑞拖著身子去查看船尾的太陽能蒸餾器可否使用，但還是故障。她用一隻手遮住陽光，抬頭看天空。

「飛機。」她的聲音很沙啞。

「什麼？」蘭伯特也是氣若游絲。

潔瑞指著天空。

蘭伯特翻坐起身，瞇眼看著天空，找到飛機之後，他立刻站起來；他已經好幾天沒站起來了。「欸！我在這裡！在這裡！」他想揮手，手臂卻像槓鈴一樣自動垂下。

潔瑞嘶啞著說：「飛機太高了。」

蘭伯特發號施令：「拿信號槍！」

「太高了。」潔瑞又說了一遍：「他們絕對看不到我們。」

他踉蹌著移動到小艇後方的求生袋旁。潔瑞往他那邊撲過去。

「傑森，不要！」

「信號槍！」

「不要浪費彈藥！」

我累到無法動彈，只是看著他們兩個，再看看天空。我幾乎看不見飛機在哪裡，彷佛只是高空雲層中一個移動的黑點。

「可惡，他們是來找我的！」蘭伯特大喊。他把潔瑞往後推，然後把袋中物品全部倒出來。

潔瑞大喊：「傑森，不要！」

可是，蘭伯特已經拿到信號槍。他瘋狂揮舞手臂，在失去平衡的狀況下射出一發信號彈。只見彈藥平飛出去，鮮豔的粉紅色光芒在大約四十碼外的海面嘶嘶熄滅。「再來一顆！我還要一顆！」

「傑森，別再亂來了！」

蘭伯特跪在小艇底部，肥肥的手指在各式物品中亂摸，一股腦地把東西推到一邊，想再找出一顆信號彈。他的腹部因為呼吸而起伏。

「我在這，我在這。」他一直胡言亂語。潔瑞發現袋子裡還剩下兩顆彈藥，便一個俯身，把彈藥抓起來，抱在胸前往船邊滾去。

「那些也給我！」跪著的蘭伯特跳起來，追過去。「現在就拿來——」

砰！陌生人突然竄出來，用肩膀全力撞向蘭伯特。陌生人動作非常快，我根本沒發現他開始移動。

蘭伯特痛苦地慘叫。陌生人扶起潔瑞讓她跪坐起來，接著轉向我，冷靜地說：「班傑明，把東西放回袋子裡。」

我抬頭望向天空。飛機已經消失了。

我發現我很少寫到小愛麗絲。安靜的人有時容易被忽略，似乎不說話就會隱形。但是沉默和隱形是不一樣的，我經常想到她。我無法想像自己會怎麼死去，但是一想到她之後可能的遭遇，就讓我擔憂萬分。

之前，小艇上人還算多、大家也還有體力的時候，我們會討論愛麗絲到底是從哪裡冒出來的。蘭伯特不認識她，話說回來，銀河號上有很多人他都不認識，我就是一例。亞尼斯說，禮拜五下午搖滾樂團抵達直升機停機坪時，他記得有看到小孩。或許她是和那些小孩一起來的。

我們問了愛麗絲許多次：「妳叫什麼名字？」「媽媽叫什麼名字？」「妳住哪裡？」她似乎不具溝通能力，卻又把所有動靜看在眼裡，眼睛動得比我們還快。

說到眼睛，她的兩隻眼睛顏色不同，一隻是淺藍色，一隻是褐色。我聽說這是一種疾病（病名的正式說法，潔瑞知道，但我忘了），但這是我第一次看到兩隻眼睛顏色不同的人。有時候被她盯著看，我會感覺怪怪的。

通常她只會盯著陌生人看。她待在他身邊，好像知道那個人會保護她。我想起從前在教會學到，天國屬於耶穌和孩童。神父經常念誦那段經文，母親聽到就會摸摸我的肩膀。那一刻，我覺得所有的邪惡都無法靠近我。沒有哪一種信念比孩童的信念更純粹。但我不敢跟愛麗絲說，她終究信錯了對象。

現在已經早上了。抱歉，安娜貝爾，我把筆記本放在腿上就睡著了。我一定得更小心，不然筆記本會掉到積水的地方，就無法閱讀了。潔瑞的背包裡有一個塑膠袋，被我拿來裝筆記本，可以多一層防護。你不知道海浪什麼時候會把我們打得全身濕透，我也可能一覺不醒。

尚・菲利浦離開我們三天了。他留下來的魚肉已經吃完。潔瑞從救生艇底部撈回更多藤壺和海藻，上面還有小蝦米。我們連草帶蝦一口吞下，但這樣的食物分量塞不了牙縫，換作是一般的情況根本不到一口。然而，我們還是像品嚐大餐那樣細細品味，緩慢咀嚼，盡可能含在口中不吞下去，彷彿這樣可以讓我們想起真正的進食。

目前生存最大的困難還是飲用水。潔瑞試過用不同的方式修理太陽能蒸餾器，但它就是毫無反應。沒有淡水，所有人都逐漸枯萎，迎向死亡。昨晚我睜開眼睛，看到蘭伯特巨大肥胖的背影趴在救生艇邊緣。一開始，我以為他在嘔吐，但我們好一陣子不曾嘔吐了。接著，我看見他仰著頭，手舉到嘴邊。當時我睡得迷迷糊糊，沒意會到他在做什麼。今天早上我把這件事告訴潔瑞，她俯身查看正在睡覺的蘭伯特，似乎在找什麼。後來她拍拍我的手臂，指向他。他的左腿底下正是那只水瓢。

潔瑞悄聲說：「他在喝海水。」

新聞

主播：近期最重大的銀河號船難事件，在今晚有了重大突破。鏡頭交給記者泰勒・布魯爾。

記者：將近一年前，傑森・蘭伯特的銀河號，在距離維德角五十哩處的北大西洋海域失事。今天有消息指出，距離事發地點大約兩千海里的加勒比海小島蒙特塞拉特，有銀河號的救生艇被沖刷上岸。小艇裡空無一人，而薩克斯頓投資集團請來的海洋專家登艇調查，尋找線索，試圖找出曾經登艇的乘客身分，以及可能造成船難的原因。

事件帶走大約四十四人的性命。這些人包括政壇、商界、科技圈、藝術等領域的領導者。今日的發現讓外界呼籲重啟調查，搜尋失事水域。先前的行動遭到蘭伯特的公司薩克斯頓投資集團所阻撓，該集團宣稱搜救行為「徒勞無功，只會造成更多傷痛」。加上這片海域應該由哪個國家管轄也有爭議。近日的發展是否能改善上述混亂的狀況，尚待觀察。

主播：泰勒，請問救生艇是怎麼被發現的？是誰尋獲的？

記者：目前還不清楚。警方只表示是北岸海灘上的民眾發現的。

主播：那麼一艘救生艇橫越這片海洋、漂到這裡的機率，又有多大呢？

記者：很低。記者採訪過的一位專家表示，幾乎不可能，但是救生艇漂到此處被尋獲的機率，還是高過生還者的存活機率。

海洋

死亡。

安娜貝爾，現在只剩兩個人……

發生了好多事情。我希望——

親愛的安娜貝爾……

再見了，安娜貝爾……

神是如此渺小

陸地

「藍尼，你到底想要我怎樣？要我憑空召喚那個人出現，辦不到！」

盧福勒用力摔電話。已經三天沒有羅姆的消息了。早知道就把他關在該死的汽車旅館裡。記者們吵著要見「發現救生艇的人」，沒見到就一直轟炸盧福勒，其中幾個每天早上都到他的辦公室外站崗。

史普拉格說對了一件事。大眾對船難事件的關注只能用狂熱來形容，畢竟船上除了前美國總統，還有億萬富翁、搖滾樂團、知名演員、電視台記者。這些人都有粉絲和追隨者，而且是激進的追隨者。因為盧福勒必須面對無止境的電話、社群媒體貼文，還有媒體無理的發問，而島上狗仔們的數量每天都在增加。

盧福勒和同仁花了許多時間一再搜索北岸沙灘，尋找船隻的可能線索——這個行動是局長要求的，做個樣子給外界看。這些人在想什麼呢？只不過有一艘救生艇奇蹟般橫越了大西洋，不代表整艘遊艇也會跟著漂過來啊。

可別忘了還有一樣東西也飄洋過海來到了島上——那本筆記本。盧福勒把本子藏在家中的舊公事包裡，帶去上班太危險了。每天晚上，他和派翠絲吃完晚餐、準備入睡前的那段時間，他都在等待，等派翠絲睡著，他就溜下樓繼續閱讀筆記本的內容。

盧福勒的胃發疼——他一再打破規矩，打破嚴格的警察守則，打破婚姻信任的默契。但是那本筆記本對他產生了魔力，他一開始讀就中招，他需要知道故事是怎麼結束的。筆記本的頁面很脆弱，解讀手寫筆記的過程很乏味，而且午夜過後爬起來閱讀，讓盧福勒覺得更累。他邊看邊寫筆記，記錄救生艇上的十一個人做了什麼，還查舊報紙研究乘客身分，將人名和報導對照比較，看看有哪些出入，確認這不是某個乘客發瘋後捏造的古怪幻想。

盧福勒自我解釋，就是怕有可能是幻想，才暫時不公開筆記本。搞不好整本筆記本都是瞎掰的，那麼公開有什麼好處呢？只會讓大家心碎又混亂罷了。這是盧福勒應付自己的說法，故事說久了就成真了。

那天晚上，盧福勒問助理卡翠娜能否載他回家。他想在回家前先去喝杯酒，但是開警用吉普車去酒吧太顯眼了。

「好呀。」她站起身。「要一起去開車嗎？」

「妳把車開到後面吧。」

盧福勒等車開過來的這段時間，瞄了一眼桌上的照片：派翠絲和他把莉莉甩著玩的那張。他們一左一右牽著莉莉的手，孩子的腳抬得高高的，臉上只有純粹的喜悅。派翠絲很喜歡那張照片，盧福勒也是。但如今每次看這張照片，他不禁覺得自己和莉莉的距離愈來愈遠，好像他們之間的繩索斷了，莉莉一個人往太空飄去。已經四年了？她離開這個世界的時間，已經和她存在的時間一樣長了。

卡翠娜把盧福勒載到他家附近的蘭姆酒吧，讓他喝完可以走路回家。他進了店裡，便找位子坐下點一杯啤酒。看看附近的顧客，都是當地人，有些人在打牌。他認得一些人，朝他們點頭示意，能躲開外國媒體，感覺真是鬆了一口氣。盧福勒的心思飄回筆記本的內容，他在想記錄者到底是誰。這個小班、班傑明、甲板員，不是知名的船上賓客，也沒有被任何記者提起。

酒吧的門突然推開，一名男子走了進來，盧福勒一看就知道是外地人。他那一身穿著打扮、黑牛仔褲配靴子，還有他左顧右盼的模樣。兩人眼神短暫交會，男子選了窗邊的位置坐下。盧福勒希望那個人不是想混入當地民眾，假裝天真、但意在套話的記者。

盧福勒小口喝著啤酒，逮到那名男子偷看他兩次。真是夠了。他掏出幾張鈔票擺在桌上，走了出去，臨走前好好打量那個外地人一眼。那人膚色蒼白，糾結的長髮有點發白，臉上皺紋很多，顯示他歷經了不少風霜。

盧福勒家就在六條街之外，他知道派翠絲在家裡等著。他慢慢走回家，把溫暖的夜風吸進身體。這時手機響了起來，有人傳訊息過來。他從口袋掏出來看：

那個人有下落嗎？——藍尼

盧福勒深深嘆一口氣。他走路的時候聽到其他人的腳步聲，便停下來回頭看，路上一個人也沒有。他繼續往前走，腳步聲又出現了。他再回頭，還是沒人。

再走兩個路口就到家了，於是盧福勒加快腳步。這時另一個人的腳步聲又出現了，但他忍住沒有回頭。就讓那個人靠近吧，這樣他才能看清對方是誰。轉了一個彎後，盧福勒的黃色房子出現在眼前，他肌肉緊繃，準備和跟蹤者來個正面交鋒。這時一個聲音問道：「不好意思……」

他轉身一看，是剛才酒吧裡的那個人。

「不好意思，你是督察對吧？」

這個人略帶口音，但盧福勒聽不出他是哪裡人。

「我先說喔，」盧福勒搶先講：「我知道的事情都跟其他記者說了，你還想追問的話——」

「我不是記者。」

盧福勒上下打量他。對方在喘氣，好像才走六個路口就累個半死了。

「我認識一個銀河號上的人，那人是我表弟。」

他大口呼氣。

「我叫多比。」

9

海洋

親愛的安娜貝爾，我很抱歉，那樣寫是不是把妳嚇到了？

我回頭看了上一頁，都是些胡言亂語。我連自己什麼時候寫過那段話都不記得了，可能是好幾週前寫的吧。我現在幾乎分不清楚白天和夜晚。發生了那麼多事情，我現在總算神智恢復清醒，能夠提筆了。

我最近只吃藤壺和附著在救生艇底部的小蝦米。某天早上，剛好有一條魚跳進救生艇，我靠那條魚撐了三天。最近還下了一場雨，我接到兩罐珍貴的飲用水。那些水我省著喝，不過足以讓體內的細胞、器官、思考重新振作。身體是一台神祕的機器，只需要極少量的營養，就可以噹一聲重啟運作。不過也無法恢復到從前那樣，甚至無法跟我登上救生艇後與其他人共度的生活相比。

不過，我人還在，我還活著。

我還活著，這句話充滿生命力，就像被困在地底卻還在呼吸的礦工，也像是蹣跚逃出火場的人會說的話，**我還活著**。

抱歉，我的思路拐到了奇怪的地方。現在狀況有點不一樣了，我們還在大西洋上漂流，放眼望去什麼也沒有，只有無止境的深海。「神」照舊和我保持一點距離坐著，想要安慰我。

但我之所以能靠著前述所說的一點糧食活下來，是因為我再也不用跟其他人分享。

我還活著。

而其他人已經死了。

要怎麼解釋呢？該從何說起呢？

或許，就從蘭伯特說起吧。沒錯，因為所有事情都是因他而起，而由他起頭的事，往往以悲劇告終。

上次寫日誌給妳的時候，我提到蘭伯特在喝海水。潔瑞曾經多次警告我們不要這樣做，但我想他就是忍不住。畢竟他整個人乾渴到了極點，眼前見到的除了水還是水，而他又為所欲為慣了。於是他等到天黑之後，找到水瓢，大口喝下海水，像極他平常吞噬其他產業的貪婪模樣。

人喝下海水會有什麼下場，過幾天就知道了。蘭伯特變了，變得顛三倒四。潔瑞跟我解釋過，海水的鹽分比淡水高出四倍，而人體的平衡功能會透過排尿排出多餘的鹽分，但由於我們水喝得不多，根本尿不出來。所以，喝下的海水愈多，就愈容易脫水。體內含有大量鹽分，脫水速度甚至快過在太陽下曝曬。之後，身體機能會陸續出狀況：肌肉無力，器官衰竭，心跳加速，流經大腦的血液不足，讓人發瘋。

現在回想起來，蘭伯特確實是瘋了。他自言自語，而且昏昏沉沉、意識不清。某個熱呼呼的早上，我們被他吼醒：「給我下船！」

蘭伯特站在陌生人旁邊，拿著一把刀抵住他的頭。

他不斷喊著：「給我下船！」那時太陽還沒完全升起，天空飄著幾縷深藍和橘紅色的雲絲。海面並不平靜，小艇晃動得很厲害。我尚未清醒又很虛弱，眨了好幾次眼，才回過神來，弄清楚眼前狀況。潔瑞用手肘把自己撐起來。「傑森！你在搞什麼鬼！」

帆布棚有大半被割開，散落在救生艇內。蘭伯特莫名其妙地把帆布割成碎片。

「給我下船……我的船！」他再度嘶吼，聲音聽起來就跟他的人一樣乾啞。他拿著刀在陌生人面前揮舞。「你這個沒用的……沒用的！」

陌生人一點也不害怕的樣子，他舉起雙手，似乎是要對方冷靜。

「所有人都沒用！」蘭伯特怒斥：「沒有一個人能送我回家！」

「傑森，拜託你。」潔瑞跪著說話：「先把刀放下，拜託。」我看到她用眼神查看愛麗絲，然後移動到蘭伯特和愛麗絲中間。「大家都很累，但是大家都會沒事的。」

「沒事，沒事。」他嘲諷的口氣聽起來像在唱歌。他猛然轉過去面對陌生人。「你這白痴，做點事吧！**求救啊！**」

陌生人先看看愛麗絲是否安好，再回頭看蘭伯特。

「傑森．蘭伯特，我就是來救你的。」他的語氣和緩。「把你交給我吧。」

「交給你？我何必？你會做**什麼**？有人會做什麼嗎？瞧哪！我們**什麼**也不會做！……你不存在！你這個沒用的東西！你什麼也不會做！」

蘭伯特聲音逐漸微弱。「我不相信你。」

陌生人說：「可是我相信你啊。」

蘭伯特漸漸睜不開眼，最後閉上雙眼，好像講話講膩了，扭頭離開陌生人。我一度以為他會跌倒、昏過去，接下來的動作卻快到我幾乎記不起來。只見他猛地往後轉，伸出手拿刀往陌生人的脖子劃過去。

陌生人伸手握住自己的喉嚨，吃驚地張開嘴、睜開眼，像是慢動作播放般往後倒，從救生艇邊緣栽進海裡。

「不要！」潔瑞大叫。我當時震驚到幾乎停止呼吸，連眼睛都不敢眨，像被催眠了一樣。我聽見蘭伯特說：「搞定！」他把刀子扔下。潔瑞撲過去搶刀，藏在身下。她這麼做的同時，蘭伯特衝到救生艇另一頭，抓起愛麗絲拋進海裡。

「滾吧！」他怒吼：「滾吧！」

我聽見愛麗絲落水的聲音，心臟劇烈跳動的聲音都快把我的耳膜震破了。潔瑞立刻跳下海搶救愛麗絲，小艇上就只剩下我和蘭伯特兩個人。他踏著蹣跚的腳步朝我走來。

「小班，再見囉！」聽到他的吼叫聲，我動彈不得，彷彿靈魂出竅看著自己行動。他往我衝過來，眼白布滿血絲，張開被鬍鬚蓋住的嘴唇，露出一口黃牙和發紫的舌頭。他靠得這麼近，好像要一口把我吞下去。他想要抓我的頭，在最緊要的那刻，我一個彎腰向下——不是因為我鼓起勇氣反制，而是我怕極了。我像是洩了氣般倒下來，他就這樣被我的身體絆倒，用肚皮著地的方式落水。

我的胸口上下起伏，腦袋轟隆作響，突然間救生艇上只剩下我一個人。我扭頭左右查看，發現潔瑞已經游到愛麗絲身旁。那個孩子在海上揮動雙臂、載浮載沉，已經被海浪帶到十碼之外。我還聽見另一邊，蘭伯特掙扎著打水，模模糊糊喊著什麼，而陌生人已經不見蹤影。

「小班！」蘭伯特的求救脫口而出。「小班，**救命**……」

那是我第一次聽到他求救。當時他肥胖的身軀正和水中的惡魔纏鬥，惡魔拉著他的腳跟，低聲說著，**你的結局已經到來，別掙扎**。我大可拋下他，讓他被惡魔解決，或許我應該這麼做，反正他總是用淡漠的態度對待我這個人。我看著他一會沉下去，一會浮起來。再等幾秒，他就會永遠消失了，我不用再忍受他自私地發脾氣，不用再被他嘲弄，可是……

他哀求著：「小班。」

我越過船舷跳了下去。

打從銀河號沉沒以來，我再也沒有下過水，而且海面顛簸得很厲害。我的腿因為缺乏活動變得非常虛弱，稍微踢腿也必須特別費力。大概就是因為這樣，脫水且體力衰竭的蘭伯特，就算離救生艇很近也游不回來。我朝著他用力划水，他看到了卻沒有反應。他眼神呆滯，嘴巴閉不起來。我眼看著他喝下一大口海水，幾乎無力吐出來。我抓住他的右臂，讓他勾住我的脖子。他是如此沉重，我嚴重懷疑自己能把我倆帶回救生艇上。這簡直像在波濤洶湧的海中拖著一台冰箱。

「來，」我鼓勵他：「踢腿……就快到了。」

他不知在咕噥什麼，打水的左臂幾乎沒出力，就像快要死掉的魚的鰭。

他可憐兮兮地喊我：「小班。」

我回道：「我在這。」

「是你嗎？」

我盯著他那張離我只有幾吋的臉龐，他的眼神充滿懇求。但是我的腿都軟了，沒辦法繼續抱著他。突然之間，他推開我，什麼也沒說就把自己的手抽走。

「不要這樣！」我對著漂走的他大喊。我游向他，他沉了下去。我吸了一口氣潛入水中，想把他托起來；他在水中體重更重。後來我終於把他推回水面，但他的眼睛已經閉上，頭往後倒。他沒了呼吸。

「不要啊！」我想扯他的襯衫，想抓住他的肩膀、脖子，但他一直從我指間滑開。

這時我聽到潔瑞大喊。

「**小班，你在哪**？」

潔瑞、愛麗絲！誰來幫她們回到救生艇上？少了乘客的重量，救生艇愈漂愈遠。我回頭看了看，沒發現蘭伯特的蹤跡，也沒看到陌生人。放眼望去，海天一色，無止境地蔓延，其間只看得到橘色的救生艇。

我游了起來，游到肺都快炸開，才游到救生艇旁邊。我嘗試爬進去，想起銀河號沉沒的那一晚，爬上救生艇有多辛苦，現在更是費力。剛才去追蘭伯特已經耗盡我僅存的力氣，從頭到腳每條肌肉都感覺失去了運動能力。

我告訴自己，**爬**！但我的手滑掉了。**爬**！**爬進去就能活命，爬不進去就等死**。**只能爬**！最後一次出力，我終於成功把自己抬起來，用脖子抵住船邊，用力把肩膀甩上去，再用身體的重量壓住救生艇。小艇傾斜後，我才能往前倒，直到夠重的上半身把我帶進去。我不得不用手把腿搬進來，因為雙腿實在沒力了。可是當我撞進救生艇底部，從來沒有哪次雙腳著地更讓我開心了。

我聽到潔瑞虛弱地喊我。我穿過小艇，爬到她和愛麗絲所在的另一邊。她們在水中載浮載沉。

「拉她，拉她。」潔瑞喘著氣。小愛麗絲的表情應該就跟我一模一樣，張大嘴巴，瞪大眼睛，震驚無比。潔瑞把她往上推，我用顫抖的雙手把那孩子拉上來。她背朝下摔進了救生艇。

「妳還好嗎，愛麗絲？」我喊：「愛麗絲？妳還好嗎？」

她只是盯著我看。我轉身面對潔瑞，只見她雙臂擱在海面上，低著頭，像剛跑完馬拉松的選手，回想自己到底跑了多遠。我對這個女子的佩服令自己汗顏。她在每一次突發事件中都展現無比的力量和膽識，我好希望自己也具備這樣的勇氣。就算心中充滿恐懼，我卻在一瞬間感到一絲希望，似乎有她的幫忙，我們就能活下去。

我說：「來吧，潔瑞，爬上來吧。」

「好啊。」她邊喘氣邊抬起手。「拉我一把。」

我靠在船舷上穩住自己，將安全繩繫在腰上，再向潔瑞伸手。

突然，她的表情一變，身體激烈搖動，頭猛地向前倒。

我問：「怎麼了？」

她先是低下頭，然後抬頭看我，好像不明白發生了什麼事。她頭歪向一側，雙臂無力地垂進水中，整個人像被拔掉了電源。她身體往旁邊一傾，眼睛向上翻。

「潔瑞？」我大喊：「潔瑞？」

一片紅色冒上來，漸漸將她周圍的海水變暗。潔瑞的上半身一度漂到海面上，卻沒看到下半身。

「潔瑞！」

那時，我看到兩道模糊的灰影圍著她打轉。看清楚後，我開始發抖，猛然想起潔瑞的警告。**不要打水，不要引起多餘的注意，不要在水裡待太久**。鯊魚一直沒有離開。牠們在附近徘徊，彷彿在等我們失手。

我在驚嚇之餘轉過身，聽見水中傳來嘩嘩聲響，我遮住愛麗絲的眼睛，這樣她就不會看到、聽到或記住這件事。我祈禱那些傢伙吃一個人就夠了。這樣說很可怕，但是當下我就是那麼想的。

我抱著愛麗絲，意會到在這可怕的短短幾分鐘內發生了這麼多事，不禁哭了起來。每個人都死了。每個人都死了，只剩下這孩子跟我。

「對不起！」我開始啜泣。「我救不了他們！」

她凝神看著我流淚，悲傷的表情刺穿我的心。

「他們都死了，愛麗絲！連那個神都死了。」

這時候，小女孩終於開口了。

「我才是神，而且**我**永遠不會離開你。」她這麼說。

10

陸　地

「我叫多比。」

盧福勒的心臟有如野兔般狂跳。筆記本裡提到的多比？帶水雷上船的多比？被筆記本作者形容為「瘋狂殺人凶手」的多比？這些念頭在盧福勒腦中打轉。他想起筆記本的內容。**難怪多比想要蘭伯特去死……炸沉銀河號是多比的主意**。

盧福勒問：「嗯，你有什麼事嗎？」他喉嚨突然發乾。兩個人站在人行道上，半側著臉，而盧福勒的家就在三十碼外。多比一時間沒有回答，盧福勒自顧自地說：「我住在這條街上，大家都認識我，搞不好他們現在都躲在窗後看呢。」

多比看了看附近的房子，一臉困惑，然後轉回來看盧福勒。「我的表弟是班傑明·

可尼，銀河號的甲板員。我想你可能知道他的下落，比那些人知道更多內情。」

「那些人是誰？」

「薩克斯頓的人，也就是船主的員工。」

「他們說了些什麼？」

「都是些沒用的訊息。『所有人都失蹤了，很遺憾。』之類的廢話。」

盧福勒愣了一會，不知道多比在玩什麼把戲，他明明知道發生了什麼事。他就是幕後凶手呀。難不成他在探聽**盧福勒**是否已經知情？他是不是現在就該逮捕多比？用什麼罪名？用什麼工具？他身上既沒槍也沒手銬，也不確定這個人到底有多危險。**冷靜，要繼續套話**。

盧福勒說：「只是找到救生艇而已。」

多比問：「有生命跡象嗎？」

「什麼意思？」

「曾經有人登艇的跡象？」

盧福勒調整呼吸。

「這位先生，你聽我說……」

「叫我多比。」

「多比，救生艇漂流了兩千哩來到這裡，整整承受兩千哩的海風、海浪、暴雨。這麼辛苦的海上生活，誰受得了這一切？而且是整整一年？」

多比點點頭，彷彿他也是如此說服自己。

「但我就覺得……」

盧福勒等他把話說完。

「我表弟一定有辦法熬過來。他這輩子很辛苦，真的不是普通的辛苦。他想放棄想了很多次，但他還是撐下去。我看到救生艇報導時心想，或許他這次又熬過來了也說不定。當然，這麼想也有點瘋狂就是了。」

「你大老遠飛過來，就是為了尋找他的下落？」

「喔，對啊……我們很親。」

一輛車從街角轉過來，大燈掃過兩人眼前。盧福勒連忙往左邊退，多比往另一邊。兩人變成面對面站著。盧福勒搔搔頭，回想還有什麼線索可以推敲。他得回家拿筆記本，好好研究這個多比到底在玩什麼把戲。

他腦中浮現一個想法，儘管很冒險，他也沒有其他法子了。

「多比先生，晚上要睡哪裡？」

「鎮上的民宿。」

盧福勒回頭看看自家的門廊，還有點亮的提燈。

他問：「要不要來我家裡用晚餐？」

一小時後，盧福勒一邊喝著派翠絲的羊肉燉湯，一邊擠出笑容聽多比聊天。羊肉湯是派翠絲的拿手好菜。老公帶著外國客人回家，還說要多添一把椅子，這可不尋常，需要好好招待。派翠絲偷偷在心底歡迎他這個舉動。自從莉莉死後，兩人之間的冷淡情誼就像鬼魂般盤據家中，只要有新客人到訪，都能減輕家裡的沉悶氣氛。

派翠絲問：「多比，你老家在愛爾蘭哪裡？」

「一個叫卡多納的小鎮，在很北邊。」

「你知道蒙特塞拉特又叫『加勒比海的翡翠島』嗎？」

「是嗎？」

「因為我們這座島，形狀很像愛爾蘭。多年來的移民也以愛爾蘭人為主。」

「呃，我很小就離開愛爾蘭了。我在波士頓長大。」

盧福勒問：「你是什麼時候離開波士頓的？」

「十九歲。」

「為了上大學？」

「才不是。我不是讀書的料，小班也不是。」

盧福勒感覺書中角色像是走出來跟他對話似的。這個人有些話還沒說，盧福勒就已經知道了。他要耐心套話。

「那你之後做了哪些工作？」

「加提，」派翠絲拍了拍他的手。「讓客人先吃吧？」

「抱歉。」

「沒關係，我無所謂。」多比吃著麵包。「我做過一堆事情，打零工，也去過很多地方，最後進了演唱會這一行。」

派翠絲問：「你是玩音樂的呀？」

「我希望我是。」多比露出微笑。「我負責器材，像是架設、拆卸之類的工作，算是巡迴人員，這是我能想到最貼切的職稱了。」

派翠絲說：「聽起來滿好玩的。你應該見過許多名人。」

「對啊，有時候會見到他們，但我不太在意這些人。」

盧福勒突然問：「那你有從軍過嗎？」

多比眼睛瞇起來。「怎麼會這麼問？」

「對呀，」派翠絲也問：「加提，問這個做什麼？」

盧福勒突然臉紅。「不知道，好奇問問而已。」

多比往後靠，伸手梳了梳那頭糾結的長髮。派翠絲問：「你結婚了嗎？」話題就此轉移。盧福勒默默責怪自己太不小心，要是讓多比懷疑他知情，多比可能會直接開溜，讓盧福勒來不及抓他。但現在盧福勒除了筆記本，並沒有證據可逮捕他，而出示筆記本又得先解釋他為何扣留筆記本。盧福勒陷入腦中的鬼打牆，沒注意聽另外兩人在聊什麼。他聽見派翠絲提到：「……我們的女兒莉莉。」

盧福勒眨了眨眼。

「當時她四歲。」派翠絲把手搭在盧福勒手上。

「是呀。」他低聲說道。

多比說：「話語不足以形容我的遺憾，你們兩個應該都很難過。」

他搖搖頭，彷彿跟這對夫妻一同仇視某個敵人。

他說：「這該死的海。」

那天晚上，盧福勒送多比回民宿，然後把車停在對街，熄了火。他有點想繼續監視這名可疑男子。

這時手機響起，是派翠絲傳訊息來。

沒咖啡了。買一點回來。

盧福勒咬了咬唇，回她：

我繼續跟多比喝一杯。晚點回去。

他送出訊息後，嘆了口氣。他真討厭跟派翠絲撒謊，也很討厭兩人之間最近產生的裂痕。其實盧福勒打從心底痛恨一件事，那就是派翠絲已經走出了喪女之痛，而他仍在糾結。派翠絲相信這是天意，是**神的計畫**，她在廚房裡擺了一本聖經，經常閱讀。每次看到她在讀聖經，盧福勒就覺得他倆之間有一扇門被鎖上了，阻止他更進一步。從前他也有信仰，莉莉出生那天，他甚至覺得有一股巨大的力量給予他們祝福。

但是莉莉離世之後，他的看法改變了。神？為什麼要尋求神的協助？莉莉的外婆在海灘椅上睡著的時候，神在哪裡？莉莉被沖進海裡的時候，神在哪裡？為什麼神不讓那個孩子跑向另一邊，回到安全的地方，或是跑回家找父母呢？什麼樣的神才會讓孩子那樣死去？

對盧福勒來說，看不見的力量並不會帶給他安慰。他只相信明擺在眼前的事情，看到了就去處理，所以筆記本這件事才會讓他如此沉迷——但有時也讓他非常失望。那群罹難者竟然以為神來到了救生艇上？他們為什麼不把神罵一頓呢？要是盧福勒也在救生艇上，他一定會把世界上所有駭人聽聞的事情都歸咎在神的頭上。

他打開前座的置物箱，拿出威士忌酒瓶喝一大口，再從公事包中掏出筆記本，打開車內小燈繼續閱讀。他沒有發現民宿二樓窗口也探出一副望遠鏡，鏡片又小又圓，是多比在窺探他。

過了午夜，盧福勒終於看完最後一頁。

我才是神，而且我永遠不會離開你。

筆記本掉在他腿上，**小女孩才是神**？他往後翻，但後面的頁面不見了。**小女孩就是神**。這麼一來可以解釋一些事，比方說，她總是把食物、飲水交給陌生人，而且她從不開口說話，從頭到尾都在旁邊看著，看守著小班。但那個陌生人又是誰？為什麼他會死掉？為什麼小女孩不救那個陌生人，也不救小艇上的人？

盧福勒看看手錶，已經過了凌晨十二點，手錶上的日期跳到四月十日。

他愣住不動。

今天是莉莉的生日，要是她活著，就滿八歲了。

他用手指緊緊壓著額頭，手掌蓋住眼睛，心頭湧現女兒的回憶。他哄她去睡覺，幫她做早餐，牽她的手過馬路。他一直想著小班筆記本的最後一個場景，也就是小班抱著愛麗絲的模樣。盧福勒一直想她長得是什麼模樣。他把她想成莉莉的樣子。

他下車走到後方，打開後車廂，拿出蓋住備胎的淡藍色毯子。輪圈裡有一樣物品被他藏了三年，是莉莉的褐白色袋鼠小玩偶。這是派翠絲打包莉莉的玩具時他搶救下來的，他不希望莉莉的每樣東西都被收起來。他特別挑這隻袋鼠，因為那是他送給她的四歲生日禮物，也是最後一樣生日禮物。

「爸爸，」那天莉莉戳著袋鼠玩偶肚皮上的開口。「小袋鼠住在這裡。」

「對呀，這叫作育兒袋。」

「住在育兒袋裡安全嗎？」

「小袋鼠跟著媽媽最安全了。」

「跟著爸爸也很安全啊。」她補充的時候不忘微笑。

盧福勒想起那一刻，崩潰痛哭，哭到不能自已，雙腿曲了起來。他將袋鼠緊緊貼在胸前，爸爸媽媽沒有把她保護好，都是他們的錯。他想起筆記本裡的愛麗絲說：**我絕對不會離開你**。

莉莉卻離開了。

新聞

主播：去年的銀河號船難又有了全新的進展。詳情請記者泰勒．布魯爾補充。

記者：自從加勒比海小島蒙特塞拉特傳出尋獲救生艇的消息後，罹難者家屬呼籲重啟調查，尋找殘骸。今天傑森．蘭伯特生前的公司薩克斯頓投資集團，宣布立刻展開地毯式搜索。他的合夥人布魯斯．莫瑞斯在他死後接手公司。

莫瑞斯：「最近的發展代表我們需要進一步解開銀河號船難之謎。我們和世界頂尖的深海探索公司『納瑟海洋探索』合作。一來，搜索船隻最後發出信號的地點；二來，派遣偵測器前往海底搜尋，應該會有所斬獲。」

記者：不過莫瑞斯也說，搜尋往往徒勞無功。就算真的有所發現，也不太可能解開所有的疑問。自從救生艇在蒙特塞拉特被發現以來，各國政府和有影響力的家屬都在施壓調查。

主播：說到這個，發現救生艇的人在哪裡？

記者：還不知道這個人是誰。媒體每天都在追查這人的下落，目前還沒有結果。蒙特塞拉特是一座小島，不可能有人能躲這麼久。

陸地

「早安！」民宿大門打開的時候，盧福勒輕快地打了聲招呼：「要不要坐我的車出門？」

「現在幾點了？」多比揉揉臉。

「快八點了。我要去發現救生艇的北岸，你可能也想看看。」

多比深深吸一口氣。他身穿滾石的黑色T恤和橘色短跑褲。

「好啊。」他口齒不清說：「可以讓我進去梳洗一下嗎？」

「沒問題。我在車上等你。」

盧福勒這次有備而來。他要讓多比落單，然後用筆記本的內容跟他正面對質。盧福勒希望整個過程沒有其他記者攪局，他知道有一個地方能滿足以上條件。

一小時後，盧福勒開車穿過陰暗的無人區。多比看著窗外景色。這裡已經看不到蔥鬱的綠色植被和北岸的粉色系民宅，只見灰色的沙丘和月球表面般的地景。有時候可瞥見路燈的頂端或房屋的上半部從火山灰堆中冒出來。

無人區是島上的死亡區，死氣沉沉、空空蕩蕩，宛如世界盡頭，另一個世界的起點。火山爆發二十四年後，這裡依然禁止進入。

多比問：「為什麼這條路上都沒有其他車？」

「只有得到許可，才能開進來。」

「海灘在前面嗎？」

「對啊。」盧福勒撒了謊。

多比繼續看著窗外的景色。「火山是多久以前爆發的？」

「一九九七年。」

「你一定忘不了那一年吧。」

「沒錯，沒人忘得了。」

吉普車最後開到從前最大的聚落普利茅斯。這裡的居民人數曾經高達四千，餐廳和商家雲集，如今卻像龐貝城成了火山廢墟。奇怪的是，島上的首都還是設立在此，沒有遷都，不過已經杳無人煙，成為世上唯一一座廢墟首都。

多比咕噥說：「這裡真的好慘。」

盧福勒點頭看著前方。這裡真的很慘，但是整船的無辜乘客遭到算計被炸死，他們更慘吧？盧福勒觀察多比的各種反應，摸不透他的個性。如果筆記本說得沒錯，小班的表哥應該是個善於隱藏犯罪計畫和罪惡感的人。只是盧福勒還有一個最關鍵的問題沒想通，多比是怎麼離開銀河號的？所有人都失蹤了，怎會只有他逃出來？

多比指前方。「那是教堂嗎？」

盧福勒降低行駛速度，看見前方的教堂殘骸。「沒錯。」他思考了一下。「要不要下去看看？」

多比好像嚇了一跳。「好啊，如果你不趕時間的話。」

過了一會，兩人走進已成廢墟的教堂中，裡裡外外皆因火山爆發燒得一乾二淨。光線照射在曾經用來支撐屋頂的樑柱上，有些座椅仍維持平行排列，剩下的都爛掉了，木條鬆垮，扶手脫落。地上覆蓋著火山灰，書頁敞開的祈禱本散落在地。綠意四處探頭，這塊地已經被大自然重新徵收。

教堂中央的殘破講壇位於四級台階之上，後方是一座被燒焦的大拱門。

「你去站在那裡面，我幫你照張相。」

多比聳肩。「呃，不用照啦。」

「照啦，下次來不知是多久以後。」

多比猶豫了一下，拖著靴子走過灰燼覆蓋的地板，來到階梯前。盧福勒等他慢慢走，髮際線冒出汗珠。講壇由一道腰部高度的扶手圍繞，而且只有一個出入口。

多比走進去之後，把手擱在滿是灰塵的桌緣，像是準備布道的神職人員。

「我拿個相機。」盧福勒手緩緩伸向腰際，深吸一口氣，拔出槍。他雙手握緊槍枝，槍口對準了多比。對方驚嚇之餘，瞪大了雙眼。

盧福勒說：「說吧，你對銀河號做了什麼？」

11

陸地

「你在說什麼啊？」多比喊叫：「你幹嘛這樣？」

盧福勒手臂在發抖，但依然瞄準眼前的目標。

他說：「你要為所有的人負責。」

「所有的人是指誰？」

「銀河號上所有的人。你殺了他們。你把水雷帶到船上，用某種方式引爆。你是怎麼辦到的？又是怎麼逃走的？現在最好說出來。」

多比的臉孔嚴重扭曲，盧福勒看了更篤定他在演戲。

結果多比卻說：「老兄，我真的不知道你在說什麼耶！**拜託**你把槍放下來好嗎！這套說法是從哪兒聽來的呀？」

「你否認是不是？」

「否認什麼？」

「你**否認**是不是？」

「沒錯，沒錯！我就是否認！天啊，拜託你好嗎？我真的不知道你在說什麼。把你知道的告訴我！」

盧福勒深深嘆一口氣。他原本用雙手持槍，現在改用單手，空出一隻手伸向他帶進教堂的公事包。在多比的注目下，他拿出包中的破爛筆記本，給多比看。

盧福勒說：「這是我在救生艇裡找到的，全寫在裡頭。」

接下來三小時，多比窩在講壇裡，盧福勒則坐在長椅上大聲朗讀筆記本的內容，而且不忘把槍放在腿上。他邊念邊觀察多比的表情，看他有什麼反應。多比一開始難以接受筆記的內容，但聽下去之後，他的雙肩下垂，頭跟著低了下去。

盧福勒念了銀河號的沉船經過、小黛和奈文之死，以及藍格哈里女士的悲慘遭遇。盧福勒念到蘭伯特時，特別強調這個人的高傲、貪婪、狂妄。後來念到裝在鼓箱中的水雷時，盧福勒特意放慢速度。小班之前對多比說：「我們不能扮演上帝。」多比嗆他：「為什麼不可以？反正上帝也沒有出場，不是嗎？」這一段，盧福勒特地念了兩次。當他念到多比表示在爆炸中身亡，「總好過像螞蟻苟活」，還特別停頓，像律師質詢那樣強調致命決勝點。

多比在聽故事的過程中不停嘆氣，不時笑出聲來，還不只一次流下眼淚。他偶爾把頭埋在手裡嘆氣，「唉，小班啊。」盧福勒覺得他某些反應有點反常，不過把人抓到廢棄教堂裡，逼他聽表弟的死亡手札，還說上帝曾經降臨救生艇，這場景本來就不正常。

下午過了一半，盧福勒才把筆記本念完。朗讀過程中，他非常忘我，連時間都忘了。當他念完小女孩愛麗絲最後的話語：「我才是神，我永遠不會離開你。」他闔上筆記本，用袖子擦掉前額沾上火山灰的汗水。他站起身，槍口依然指著多比。

不過出乎他意料之外，多比馬上與他眼神交會，看起來一點也不慌亂或心虛，反而像是剛從葬禮上走出來，試圖壓抑難過的情緒。

多比木然說道：「老兄，這是一本求救日誌。」

「什麼意思？」

「我表弟瘋了。這些都是他掰出來的。你想想好嗎？你真心認為他會與神同行，坐上同一艘救生艇？你可是警察啊！」

「沒錯，我是警察。」盧福勒搖晃手邊的筆記。「我看到這上面寫到，你把炸彈帶上銀河號，寫你有行凶動機，寫你引爆了炸彈，殺死所有無辜的乘客。」

「是啊。」多比聽到這裡都快笑出來了。「這部分可信度最低了。」

「是嗎？你憑什麼這麼說？」

「因為，」多比嘆了一口氣。「我從未登上那艘船。」

新聞

主播：今晚傳出銀河號打撈進度有了全新進展。這艘豪華遊艇在北大西洋沉沒，已經超過了一年。現在由記者泰勒．布魯爾為我們報導。

記者：謝謝主播。記者身旁是阿里．納瑟，他是佛羅里達州那不勒斯的納瑟海洋探索公司的老闆。再過幾天，納瑟先生就會派遣搜尋艇伊利亞德號，前往銀河號的沉船地點。納瑟先生，可以解釋一下搜尋程序嗎？

納瑟：當然可以。首先，我們會根據船隻最後發出的訊號及海流，畫定搜尋範圍，這個區域大約是二十五平方哩。在這裡搜尋艇會拖行側掃聲納和磁力計，偵測電磁場的任何變化，即時傳回圖像。基本上，就是對那塊區域進行地毯式的搜索，希望可以找到大型物體的訊號，比如船隻的殘骸。如果沒有斬獲，我們將擴大搜尋範圍，但如果有成果，就會把探測工具放下去，進一步觀察。

記者：有可能把沉船打撈起來嗎？

納瑟：這就要問搜尋計畫的幕後金主了。

記者：不過技術上可行？

納瑟：什麼都有可能，不過把船打撈起來要做什麼呢？

記者：有許多名人都死於這場船難中。

納瑟：這就對了，那艘船是他們的墳墓。你想要驚擾他們嗎？

記者：這問題恐怕不是我能回答的。

納瑟：我想也是。

記者：現在，記者泰勒．布魯爾把現場交還給主播。

陸地

多比把雙手放在頭上，緩緩從講壇中站起身。

「讓我站一下，拜託。」多比懇求對方：「我的背痛得要死。」

盧福勒還是用槍指著多比，但他也累了。念完整本筆記本，讓他筋疲力竭。他發現把人拖到杳無人煙的地方逼供，這個計畫一點也不周詳。要是事情出了差錯，他根本求助無門。

「我還在等你的答案。」盧福勒追問對方：「你是怎麼做的？**為什麼**要那樣做？」

多比把手放在滿是灰塵的講壇上，用手指撣掉一些灰塵。他開口：「我本來不打算說的，但我想現在只有說出來，才能讓你相信我。」

「你又要說你從未登上銀河號？」

「我真的沒有。我只**看過**那艘船。我確實跟著小班去了維德角。他們登船的那個早上，我載他去碼頭。那時我很擔心他，因為他經歷了許多事，整個人變得很怪，很容易激動。我不想讓他落單。」

盧福勒問：「為什麼要去碼頭？」

「Fashion X的經紀人應該也在那裡。我想過去打聲招呼，希望他們下次巡迴能算我一份。真的只是這樣，我發誓。」

「所以，你有看到那艘船？」

「看到了，宛如龐然巨獸。就像小班描述的那樣，象徵了貪婪與豪奢。」

「你這口氣聽起來就跟筆記本裡描述的一樣。」

「我只是實話實說啊。上層甲板簡直是露天劇院。船上竟然有舞台、一排排的座位、超壯觀的音效系統，而且每位賓客都有專員照顧。不管什麼要求，專員都必須使命必達，毛巾或飲料不用說，連半夜都要生得出一台iPad，整艘船都是這樣運作。至少小班是這麼說的。他在船上要服務四名賓客。他們上船時，我剛好就站在旁邊。」

「你記得那四人有誰嗎？」

多比搔下巴低頭沉思。「喔，我想起來了。」

「哪些人？」

他嘆氣。「其中一個是游泳選手潔瑞，一個是希臘人亞尼斯，還有一位印度女士藍格哈里。我記得她，是因為她看到我的穿著打扮，覺得我不懂禮節，還要求小班幫她保管一對耳環。最後一個是身材高大的英國人，但名字想不起來了。」

盧福勒問：「奈文・坎伯爾？」

「對，這四人就是小班要照顧的賓客。」

盧福勒搖頭。「少來。你只是把剛好漂流到救生艇上的人名湊起來胡說吧？」

「我也覺得很扯！」多比反駁：「順便告訴你吧，我也見到了尚・菲利浦和小黛。小班把我介紹給他們認識。他們都很善良，也很幽默。」

「那麼衣索比亞的妮娜呢？」

「我不認識她，但看過她。」

「不認識又怎麼知道她是妮娜？」

「像她那樣的人，看過就不會忘記。她長得就像名模伊曼。那時她跟小班揮手，我就問：『哇，**那**是誰啊？』他說：『是妮娜。是她幫我剪了這個髮型。』」

盧福勒嘆氣，這故事聽起來簡直太詭異。多比幾乎把救生艇上的所有人名背了一遍，這也太簡單了。他可以一邊聽筆記本的故事，同時把這些人編進自己的故事。

盧福勒問：「那小女孩愛麗絲呢？」

「我從沒見過她。」

「傑森．蘭伯特呢？」

多比咬著嘴唇，視線飄離。

盧福勒察覺有異。「怎樣？」

「督察，請把槍放下。我跟你說個故事。」

盧福勒穩穩地持槍。

「夠了吧。你自己也知道，你沒辦法全然相信那本筆記。把槍放下，我把一切解釋給你聽。」

盧福勒用左手揉眼。「我幹嘛要聽什麼故事？這跟蘭伯特有什麼關係？」

多比的視線往上移。「小班認為蘭伯特就是他的父親。」

陽光從教堂崩塌的天花板透進來，多比講起小班的童年往事。

「小班的媽媽叫克萊兒，我媽媽叫艾蜜莉亞，她們姊妹關係緊密。我父親死後，我媽帶我搬到美國，就如同小班寫的。但他沒解釋我們**為什麼**要移民。

「小班的生父應該是美國人，這點錯不了。我阿姨確實是在蘇格蘭高爾夫球賽那一週，遇見了小班的生父。阿姨太年輕懷孕了，就跟我們那個貧窮社區的許多女性一樣。除了我媽，阿姨沒告訴任何人她懷孕的事情，但後來懷孕跡象愈來愈明顯，外公、外婆覺得丟臉。在我們那裡，未婚生子如果知道生父是誰，至少還能譴責對方，可是阿姨不肯透露生父的身分，讓自己的處境更加艱難。大家都一副這件事只有她有錯的嘴臉，他們對待阿姨的方式真的很恐怖。她明明很聰明，又是身手好的運動員，一旦成了單親媽媽，就被眾人遺棄。要在那個小鎮憑一己之力生活，可不容易。

「阿姨獨自扶養小班。她白天在肉鋪工作，晚上回到肉鋪樓上的公寓，母子倆幾乎身無分文，被眾人當成流浪狗對待。阿姨也不接受別人的幫助。她也是有自尊的，老實說，到了有點死腦筋的地步。

「我媽說，有一天晚上阿姨來我們家，一副很激動的樣子。她說她在雜誌上看到小班的生父，現在住在波士頓，飛黃騰達。阿姨說她要去找他，把兒子的事情告訴他。當然我媽勸她：『別傻了，他會把妳當乞丐趕出去。』可是阿姨心意已決。於是她和小班搬來我們家住了將近一年，省房租買機票，我和小班就是在這段時間變得很要好。我們睡同一張床，一起吃早餐。我們都是獨生子，也把對方當成真正的兄弟。

「後來的事你也看到了，阿姨母子倆千里迢迢去到美國，卻證明我媽說得沒錯。那傢伙不認阿姨，她整個人崩潰了。我媽從信件和電話中察覺到阿姨不對勁，所以我們也搬到波士頓照顧她。媽媽和阿姨真的是姊妹情深，兩個人在一起比什麼都強，遠遠超過工作和國家的照顧。很妙，我和小班之間也是這樣。

「總之，我們搬到波士頓後，發現小班變了一個人。他知道自己沒人要，也看到阿姨為此大受打擊。他開始憎恨有錢人，也仇視自以為比他優越的人。我想，他認為那些自大狂都像極了他沒資格擁有的父親，而那個父親形象一直留在他心中。我們青少年時期會混進芬威棒球場，坐在露天座位上看球。他往下看著那些坐在高價區的人，說：『那個不負責任的老頭可能也坐在那裡。』我們放學坐T線去高級住宅區燈塔山，抽菸看著那些穿名貴西裝的人下班回家。他又會說：『多比，那個可能是他，不然就是那個人……』

「我叫他不要浪費時間了，那老頭不值得他這樣。不要以為我在幫誰說話，我也是看有錢人不太順眼，不過我的狀況和小班不同。

「後來阿姨在工廠受了傷，小班只得輟學照顧她。真的很不公平，阿姨什麼都沒做錯，她踩著的鷹架剛好倒塌，結果工廠還告她，想辦法避免支付終生醫療補償。你想想，要是受了重傷不能工作，還被污名化會是什麼狀況？難怪小班會憤怒。

「有一次我回去找他。那時我在海軍服役，我看到克萊兒阿姨坐在輪椅上——這是我見到她的最後一面。小班當時還在抱怨，阿姨為什麼要去工廠工作，該為母子負責的父親跑去哪了之類的話。他說要是知道對方是誰，他一定會去把那混帳揪出來。但是阿姨把小班生父的身分帶進了墳墓。」

多比說到這裡，暫停一會。「我之前都以為是這麼回事。」

盧福勒抬起頭。「什麼?」

「媽媽和我搬回愛爾蘭。過了幾年她罹癌。在臨終快要不行的某個晚上，她告訴我那個她發誓不能說的祕密——小班的生父不但很有錢，還成了知名的商業鉅子；可憐的阿姨都會在美國的報紙上看到那個傢伙的消息。」

遲疑了一會，多比說：「我媽說那個人名叫傑森。」

盧福勒不可置信地眨眼，腦中亂成一團。

「傑森．蘭伯特嗎?」

「不知道，我媽想不起來他姓什麼。講完這件事，又過一個月，她就過世了。」

「那小班……」

「是我告訴他的!」多比痛苦地喊叫，猛翻白眼。「我真的好笨!好笨!當時他又開始抱怨，抱怨自己窮，不能放假。他狀況很不好，我替他難過。他又說起他那不負責任的老爸時，我叫他閉嘴，還說他一定找不到那個人，就算找到也不能怎樣。我就是在那時候衝口而出我媽告訴我的祕密。他愣愣看著我，非常震驚。」

盧福勒問：「那是什麼時候的事?」

「他上銀河號工作前的一個月。他一定是鎖定了傑森・蘭伯特，畢竟他很有錢，來自波士頓，名字也符合。老實說，我根本沒**想到**事情竟然這麼巧，但一聽到筆記本上的故事，我就明白了。小班那時根本快要發瘋了。」

他把臉埋進手裡。「天啊。一切都說得通了。」

「等一下，你是說他太氣他爸了——」

「我沒說蘭伯特是他爸——」

「就因為他痛恨某個名為傑森的人，他就想炸掉一艘遊艇復仇？怎麼可能？」

「你不懂。他那時候很錯亂，因為——」

「那水雷怎麼解釋？你是說，你沒跟他解釋過水雷怎麼運作嗎？」

多比嘆氣。「許多年前，我是跟他提過海軍發生的一個事件，沒想到他還記得。」

盧福勒調整了握槍的手勢，用手背擦去前額的汗。

他說：「你現在說的都太巧了。」

多比思考了一會。「不，你聽過什麼叫作虛談症（confabulation）嗎？」

「沒有。」

「我認識一個樂手，多年前得過這種病，會把想像與記憶混為一談。」

「聽起來像在撒謊。」

「虛談症不是撒謊。患者覺得自己說的都是真的。要是經歷痛苦的創傷，就有可能產生這種症狀。」

「創傷經驗。」

「對啊，像是失去至愛，或是被炸出船外，在海上死裡求生。這些經歷會讓你相信一些非現實的事情。

「筆記本中小班和我的對話，其實都出自他的自言自語，以及自我懷疑跟折磨——」

「停！」盧福勒打斷他：「總之小班沒有父親，但是很多小孩都沒有啊，他們可沒有炸掉一艘遊艇來彌補缺憾。」

多比用雙手撐住後頸，抬頭盯著陽光。

「督察，你搞錯重點了。」

「什麼重點？」

「你想想看，小班的日記要寫給誰看？整個故事是對誰說？筆記本一開頭寫了誰的名字？」

多比直視著盧福勒。「你還看不出來嗎？整件事與傑森．蘭伯特無關，重點是安娜貝爾。」

盧福勒緊緊閉上雙眼，肩膀無力地下垂。

「安娜貝爾，」他低語：「對。我要去哪裡才能找到**她**？」

多比說：「你找不到的。她已經死了。」

12

陸地

回程的路上，幾乎沒人說話。太陽下山後，無人區看起來灰撲撲一片，讓人覺得很詭異。盧福勒向來不喜歡這麼晚了還待在這裡。白天來已經夠嚇人了。

「你知道，我還是得拘留你。確認你的不在場證明之後，才能放了你。」

多比看著窗外。「嗯，我知道。」

「得找個罪名起訴你。」

「隨你便。」

「你說該用哪個法條呢？」

多比轉過頭來。「你認真的啊？」

盧福勒聳聳肩。

「酒後鬧事好了。」多比別開眼神。「但你要請我喝酒。」

「好。」

盧福勒累極了，回程一路上用力睜大眼睛駕駛。下午爆發的腎上腺素已經燃燒殆盡，整個人像是被掏空一般，放在方向盤上的雙手在發抖。

現在，盧福勒已經不知道要相信什麼了。所有事情多比都能解釋，但那是因為他聽完了整個故事。多比有那麼機智嗎？可以馬上編出一套謊話？還是故事作者小班已經神智不清了？或許他才該為船難負責？

多比提到了安娜貝爾，但除了她死於罕見血液疾病，而小班籌不出醫藥費，其他細節他都沒有多提。他一直被人拿槍指著，耐性已經到了極限。「除非你不再控訴我有嫌疑，否則我不會告訴你詳情。反正我可以證明我不在那艘船上。你帶我回去，讓我打幾通電話證明。」

盧福勒不得不同意，他還有什麼選擇呢？其實他偷偷盼望多比說的**都是**實話，要是多比這麼會撒謊，他可不想靠他這麼近。

多比說：「你沒跟我說，你是怎麼發現救生艇的。」

「不是我發現的。」

「那是誰？」

「一個居無定所的人。」

「他在哪？」

「所有人都想知道。」

「他叫什麼名字。」

「羅姆．羅許。」

多比轉過頭來。「羅姆．羅許？」

「怎樣？」

多比搖頭。「好奇怪的名字。」

「對啊。」

盧福勒透過擋風玻璃看到「即將離開火山危險區」的巨大告示牌，心中鬆一口氣，他們再度回到小島北岸，回到活人的地盤。

他說：「還要開二十分鐘。」

多比問：「可以讓我吃點東西嗎？在把我關起來之前。」

兩小時後，盧福勒把多比關進島上唯一一座監牢。他回到局裡，打開燈，累得像是骨架要散了。他從公事包中取出筆記本放在桌上，接著把頭埋進手裡，閉上雙眼大力按揉，似乎想從腦中擠出答案。

什麼結果也沒有，一切又回到了原點。只剩下一艘失事的遊艇、一艘被尋獲的救生艇、一個不可置信的故事、總有理由開脫的嫌疑犯。

他好想喝酒，便拉開底層的抽屜，裡面疊放著他從島上酒廠買來的小瓶蘭姆酒。卡翠娜會固定檢查他的抽屜，把酒扔掉。她是固定上教會的人，不許他上班時喝酒，但她身為助理，也不敢直接教訓他。後來盧福勒才會買小瓶裝的酒，不易被發現，就能藏久一點，但這些小酒瓶總會全數消失。他知道是卡翠娜丟的，但也不會當面逼問她。這是他們的小遊戲。

只是這次打開抽屜，他看到不一樣的東西——一個左上角蓋著轄區戳章的褐色大信封，封口被封起來了。

他打分機給卡翠娜。聽到他打來，她好像很意外。

「跑去哪啦你！」她逼問：「大家都在找你。」

「喔，我有事要做。妳是不是把一個信封放進我的抽屜？」

「什麼信封？」

「我的抽屜裡，下層的那個抽屜。」

「喔對，是上週那個怪人放的。你還記得嗎？你去海灣回不來的那天？」

「那個人是羅姆？」

「我不知道他叫什麼。他也沒說，只是在等你的時候跟我要了一個信封，我就給他了。那時候問你，你說好，記得嗎？後來就像我說的，我再出去找他時，他已經不見了。他把信封留在台階上，我就放進你的抽屜囉。」

「妳怎麼沒告訴我？」

「我有啊！」她頓了頓。「我**應該**有吧⋯⋯加提，最近事情實在太多了。要是我忘了，很抱歉……」

盧福勒早已掛掉電話，撕開信封，發現裡面是一疊折起來的筆記紙，邊緣已經破損。紙上的筆跡很熟悉，盧福勒完全明白出自誰之手。

他開始火速閱讀，甚至沒察覺自己跌坐到椅子上。

海洋

親愛的安娜貝爾，

這是我最後一次請求妳的原諒。我已經好幾個月沒寫東西給妳看了，我人還在海上，但已經能夠與海洋和平共處。我可能會死，可能會活下去，都無所謂。我已經一腳進了棺材，想說什麼都可以。

親愛的，妳看到我一定會被嚇到，現在我身上已經沒剩多少肉了。我的手臂骨瘦如柴，大腿只剩下幾片皮。有些牙齒都快掉下來了。之前穿在身上的衣服，都被鹽分侵蝕到像破布。唯一逆勢生長的只有我的鬍子，往鎖骨奔放地長下去。

不知道我在大西洋上漂流了多遠。某天晚上，我看見海平線上浮現一艘大船，我發射了信號彈，但是沒有結果。過了幾週，我又看見一艘貨輪，距離近到我能看到船身上的塗料。我再度發射信號彈，依然沒有回應。

我應該不會獲救了，這點我坦然接受。我太渺小，太微不足道。我只是一個待在救生艇上的人，要死要活全靠海流的走向。安娜貝爾，全球的洋流都是互通的，或許我注定在永不停歇的循環中漂流。或許到最後，大海會像一隻母熊叼起體虛病弱的幼仔，承接我的生命，讓我不再受苦。或許，那是最好的結局。

該來的總是要來，病人和老人臨終前會說：「讓我走吧，我準備要去見上帝了。」但是我有必要做出這種投降宣言嗎？我已經見到神了。

回頭看看之前寫的段落，我發現紀錄停留在小愛麗絲第一次開口說話那一段。

我只記得四周一片黑暗，我一定是昏了過去。失去蘭伯特和潔瑞讓我大受打擊，而且在好幾週都沒活動的狀況下猛力游泳，耗盡我全身的力氣。

我恢復意識之後，太陽已經下山了，日落之後的天空一片靛藍。愛麗絲坐在救生艇邊緣，月光照耀在她身上，她細瘦的手臂交疊，擱在大腿上。她穿著潔瑞的白T恤，寬鬆的下襬垂到她的膝蓋。她的髮絲被微風吹動。

我低聲喚她：「愛麗絲。」

她問：「你為什麼這樣叫我？」

她的聲音很稚嫩，但是不失清晰。

「總該叫妳什麼吧。妳有真正的名字嗎？」

她微笑：「還是叫我愛麗絲吧。」

我的喉嚨發乾，眼皮因睡意濃厚快要撐不開。我轉頭看到空蕩蕩的救生艇，一股沉重的悲痛油然而生。

「大家都**走了**。」

「對啊。」

「潔瑞被鯊魚吃掉了，我救不了她。還有蘭伯特，我也無能為力。」

我想起那些在海裡的最後時刻，突然想起一件事。

「愛麗絲，」我用手肘把自己撐起來。「妳說妳是**神**嗎？」

「我是。」

「什麼意思？」

「就是我說的意思。」

「但妳是個**孩子**。」

「孩子難道不是神的化身嗎？」

我眨眼眨了好幾次，思緒一團混亂。

「等等……那我們從海裡拉起來的男人是誰？」

她沒有回答。

「愛麗絲！」我提高音量。「為什麼那個人要死？難道妳現在只是在模仿他說話嗎？妳到底是誰？為什麼妳之前都不說話？」

她鬆開交疊的手，起身走向我，腳步十分平穩。她在我旁邊蹲下，盤坐下來。我不發一語地看著她拉起我的右手，放到她的小手中。

「班傑明，跟我一起坐下吧。」

於是我們坐下來，從傍晚坐到夜中，誰也沒說話。不是因為我說不出話，而是氣氛突然變了。這樣說很難懂，但我心中的憤恨全部消失了。握住她的手，就像掌握可以打開彈子鎖的鑰匙。我的騷動平息，呼吸穩定。隨著時間過去，我感覺自己變得渺小，而天空逐漸擴大。當發亮的群星滿布天空，我看了甚至淚流滿面。

我和神就那樣坐到破曉，太陽衝破了海平面，光芒四射。海水反射日光，顯現宛如閃爍鑽石的一道光芒，延伸到救生艇上。這時，你會相信這個世界都是由天空和海洋所組成，陸地甚至連概念都不是，而人類在陸地上的成就根本不值一提。我才明白，這就是所謂的拋下一切，與神共處。

我知道她就是神。

「好了，班傑明。」愛麗絲口氣很輕柔：「你可以問問題了。」

我的聲音好像深埋在喉嚨中，要開口說話，彷彿從井裡打水那般吃力。

「那個自稱為神的男人是誰？」

「是個天使。我透過他傳話。」

「他為什麼又吃又喝的？」

「想考驗你們是否懂得分享。」

「他為什麼不太說話？」

「看看你們是否懂得聆聽？」

我看向別處。「可是他被蘭伯特殺了。」

「是嗎？」

我轉頭看她，她的表情很平靜。我緊張地吞口水，不知該不該問下一個問題，但我知道不問不行。

「傑森．蘭伯特是我生父嗎？」

她搖頭否認。

我瞬間被情緒擊潰。我對他懷有那麼多仇恨，因為他，世界上的每一件事都叫我生氣，現在我好像腹部被揍了一拳，情緒不斷從體內湧出。我真是大錯特錯！一直以來我都氣錯了對象！我狠狠出拳搥打小艇底部，從靈魂深處發出吶喊。我想起自從失去妳之後，我分分秒秒都在思考的問題。

我直視愛麗絲，問了那個問題。

「為什麼我太太非死不可？」

愛麗絲點點頭，彷彿料到我會問這個問題。她把另一隻手疊在我手上。

「有人離開的時候，人們總是會問：『神為什麼會帶走他們？』其實你可以問：『為什麼神會把這個人帶到我們身邊？』我們做了什麼，可以享受這個人的愛，與這個人共度歡樂、美好的時光？你和安娜貝爾沒有度過類似的時光嗎？」

我聲音嘶啞地回答：「每天都是這樣啊。」

「你們共度的時光是恩賜。就算那樣的時光結束了，也不代表是一種懲罰。班傑明，神從不殘忍。你們在未出世之前，我就認識你們了。離開人世後，我也一清二楚。神為你們籌備的計畫，範圍並不限於這個世界。

「所謂的開頭與結局只是凡人的概念。神意會持續存在，正因如此，你們也將與神同行。人來到世上的理由之一，就是要體會失落。唯有如此，才能體認到生命是一份保存期限甚短的禮物，從而學會珍惜。肉身無法永遠存在，它本就不該如此。所以你們的體悟是靈魂的禮物。

「班傑明，我知道你流過許多淚。每當有生命離開人世，深愛他們的人自然會哭泣。」愛麗絲露出淺淺的微笑。「但我向你保證，離開人世的那些靈魂不會哭泣。」

她舉起一隻手向上一比。安娜貝爾，那一刻我無法形容。開闊的天空像是被她推到一旁。大氣的湛藍反光融進最耀眼的光線之中，形成人間語彙無法形容的一種色彩。我在其中看到數量超過天上繁星的靈魂。雖有無數臉孔，每張臉卻異常清晰。在這些靈魂中，有我摯愛的母親。

也有妳。

我別無所求了。

陸地

筆記本後面還有好幾頁，但是盧福勒沒有繼續看。他把本子塞進公事包，一邊擦眼淚，一邊衝出警局。

他開車時全身發抖。停好車後，他立刻衝進家裡往樓上奔去。他將手放在女兒房間的門把上，打開房門。這是他四年來頭一次這樣做。他站在門口，看著房間裡的小床，還有他親手漆成粉紅色、畫上粉色星星的天花板。派翠絲走到他身後，問道：「加提，你怎麼了？」

他轉身緊緊摟住她，抽泣著說：「莉莉沒事，她沒事了。她不再辛苦了。」派翠絲也跟著哭了。

「親愛的，我知道。我知道她不苦了。」

夫妻倆緊緊相擁，不知擁抱了多久。那晚他們入睡後，一次也沒有驚醒。隔天早上盧福勒醒來，再度感受到許久未曾降臨的感受，那就是安心。

新聞

主播：銀河號的打撈作業在今晚傳出重大突破。記者泰勒．布魯爾目前人在搜尋艇伊利亞德號上。

記者：是的，主播。今天有新發現，在方圓五哩的搜尋範圍的偏遠一角，搜尋人員在大約三哩深的海床上發現大片殘骸。看起來船身是側立著。搜尋行動的主持人納瑟先生和我們在船上的分析室裡。納瑟先生，你看出什麼了嗎？

納瑟：昨天深夜，聲納系統偵測到海床上有大型物體。回傳數據顯示物體大小和銀河號差不多，我們高度懷疑找到了目標。接著派遣ＲＯＶ，也就是「遠距操控車」（Remotely Operated Vehicle）下去拍攝該物體，得到螢幕上的這些圖片。現正分析數據。

記者：可以判讀出什麼呢？

納瑟：海底下漆黑一片，只能透過ROV的光源觀察，不過我們還是很有把握那就是銀河號。請看這些標誌，還有外型獨特的船身。

記者：你可以藉此判斷沉船原因嗎？

納瑟：除非有更多資料，否則不該多加揣測。不過照片會說話，你看船殼是輕型玻璃纖維打造而成，因此很容易受損。

記者：所謂的受損，是指我們現在看到的這個洞嗎？

納瑟：那只是船頭而已。請看這個角度拍攝的船尾，引擎室在這裡。

記者：船尾那些洞更大。

納瑟：沒錯。當時他們遇到的狀況應該反覆發生了好幾次。不只造成一個洞而已，總共有三個。

13

海洋

親愛的，以下是本紀錄的最後一部分。我現在明白妳一直在我身邊。只要想像妳的模樣，我就可以跟妳分享我的想法。但要是這本筆記本被其他人發現，我想讓他們知道我的故事結局，或許我也想讓他們決定我的故事是否具有意義。

愛麗絲讓我看到天堂的那天，天空下起雨來，我和她收集雨水。喝了水，我便恢復體力，做起之前因為太難過、太慌亂而未能嘗試的求生任務。我研究起故障的太陽能蒸餾器，用修補救生艇的黏著劑把洞補起來。炙熱的陽光照射在蒸餾器上，水氣凝結，總算有飲用水流進儲水槽了。我找出船隻失事那晚，我放在長褲口袋中、藍格哈里女士的耳環，做成魚鈎，再拿求生袋中的釣魚線打個結，連接在槳上，甩出去。等了好幾小時，結果一無所獲。隔天一大早，我再度嘗試，這次抓到一條小翻車魚。大部分魚肉我都吃掉了，剩下一小部分當餌，隔天又釣到一條鬼頭刀。我把魚肉切成好幾塊，用線串起來懸在帆布棚兩側。這是很原始的釣魚方式，卻替我補充了體力，精神更加專注。我覺得頭腦又開始運轉了。

從那之後，我總是保存少量的魚肉及飲用水。現在最大的敵人就是寂寞，但是有愛麗絲陪伴，暫時可以遠離。我們聊了許多，但我內心深處知道有件事自己一直不願提起。那就是我在這起事件中扮演的角色，這件事我也沒跟妳提起過。我知道跟死人或神撒謊沒有意義，但我們還是撒了謊。或許我們希望，他們不論在哪裡，都能原諒我們羞恥的行為。到頭來，真相總會水落石出，因為悲痛會令人憤怒，產生罪惡感，最後就會坦承一切。

某天早上我醒來，發現海面平靜，有如一個小水窪。我迎向陽光眨著眼，站著的愛麗絲盯著我。

她說：「跳進海裡。」

「為什麼？」

「時間到了。」

我不懂她的用意，還是站了起來。

她說：「帶著這個一起下去。」

我低頭一看，眼睛瞪得老大。不知為何那顆綠色的水雷出現在救生艇正中央，就跟我從網路上買來時一模一樣。水雷賣家跟我在船隻倉庫碰頭，整個交易過程沒花到十分鐘。我把水雷藏在鼓箱中，帶上銀河號。

愛麗絲說：「撿起來，不要放手。」

我很想拒絕，但我的身體不聽使喚。我拿起水雷，皮膚傳來金屬的觸感，按照吩咐跳進海裡。

我一撞到海面，就被寒意包圍。我被水雷的重量拉得迅速下沉，愈沉愈深。我閉上眼睛，確信這就是對我的懲罰。我本來就該葬身海底，跟那些因我而死的人一樣。你對別人做的一切，都會回到自己身上。這就是報應。

海裡愈來愈黑，我感覺身體亟需氧氣，排出累積在血液中的二氧化碳。再過幾秒鐘，這副肉身就會屈服。海水將灌滿肺部，大腦缺氧，而我將迎接死亡。

然而在那一刻，安娜貝爾，一股前所未有的感覺襲來。像是解脫。經歷了那麼多事，還有我做的一切，我覺得這個結局很公平，畢竟我認為這個世界應該是公平的。我也接受化身為愛麗絲的神，或任何相對應的力量，已經對我的命運做出公正的裁決。

我選擇相信。我因為相信而得救。

就像神所保證的那樣。

突然之間，我手上的東西消失了，水雷不見了。我在上方看到一圈明亮的光環；透過那個圓圈，可以看到太陽和整個天空，陽光四射宛如豪豬身上的刺。接下來，我什麼也不用做，身體便自動往圓圈中心漂升。上升的同時，我很確定這就是瀕死場景，我並不害怕。神說的沒錯，天堂總是在上方等待我們，你能從地球的湛藍海水中看見天堂。

世界真是充滿驚奇。

過了一陣子，我衝出水面掙扎著呼吸。救生艇大約在我眼前二十碼左右。我看見愛麗絲揮動手臂，喊著：「這裡！快過來！」我發現這喊叫聲很耳熟，聽起來很像銀河號失事那晚，用手電筒指引我方向的人。

我爬到救生艇旁邊，愛麗絲拉我進去。我一邊大口吸氣，一邊說話。

「那天晚上……是妳在救生艇上……是妳救了我。」

「是的。」

我跪下來，坦白說出一切。「愛麗絲，是我把水雷帶到船上，一切都是我做的，不是多比。我想要把船炸沉，都是我的錯。」

說出這些話，比我想的還要容易，就像搖搖欲墜的牙齒，固執地附著許久，突然間就鬆脫掉到舌頭上。

「我被憤怒蒙蔽了。我以為蘭伯特是我的生父，我以為他對不起我母親，也對不起我。我想要他受苦。

「我失去了妻子，她是我唯一在乎的人。我籌不出她的醫藥費，那麼大一筆錢，別人都有，但我從來沒有那麼多錢。我怪自己，怪一切怎麼那麼不公平，我要為自己吃過的苦復仇。我要蘭伯特和我蒙受一樣巨大的損失。」

愛麗絲說：「你要他丟掉性命。」

「沒錯。」

「他的命不是你該奪走的。」

「我現在知道了。」我視線低垂。「但是……」我猶豫了一會才問：「有一個問題，我**一直想不通**。我絕對沒有引爆水雷，我把它藏起來了。這點一定要相信我。一定是別人引爆的，但我無法解釋。爆炸發生後，我一直備受折磨。對不起，我很對不起，我知道這還是我的錯……」

我又開始哭了。愛麗絲輕柔地撫摸我的頭，接著站起身。

「你記得你在銀河號上做的最後一件事嗎？」

我閉上眼，回想自己站在銀河號甲板上的最後時分。那時候大雨滂沱，我用手肘撐在欄杆上，低頭看著底下的黑色浪潮。那一刻非常可怕。安娜貝爾，我想著自己辜負了妳，想著我在悲痛中準備自我了結，想著自己變成多麼可悲的空虛男兒。

「班傑明，」愛麗絲又在喊我：「你在船上做的最後一件事是什麼？」

我緩緩張開眼，好像從恍惚中回過神來。眼淚流過我的雙頰。我總算說出真相，低聲說出那件我不敢在筆記本中提及的事。我沒敢告訴妳，告訴愛麗絲，連我自己也不提。

「我跳海了。」

似乎過了很久，我才繼續說。愛麗絲兩手交疊，托著下巴。

我向她傾訴：「我已經不想活了。」

「我知道，我聽見了。」

「怎麼會？我從來沒說出口。」

「絕望自己會說出來。那有別於其他種祈禱。」

我低下頭，感到慚愧。「無所謂了。反正銀河號都沉了，我看到船上的引擎室起火，也看到船沉了。雖然不是我引爆的，但還是我的錯。」

愛麗絲走到救生艇後方，毫不猶豫地踩上船舷，然後回頭看我。

「班傑明，抬起頭來，你不用為這件事負責。」

我緩緩抬眼。

「等一下……妳是什麼意思？」

「水雷沒有爆炸。」

「奇怪。那船為什麼爆炸?」

她望向深深的海底，突然有三隻鯨魚衝出海面。牠們有著漆黑的龐大身軀，伸展魚鰭時宛如飛機機翼。我敢說這是我見過最大的動物。牠們落下後撞擊海面，空中散布牠們濺起的水花。我們都被海水噴得一身濕。

她說:「是牠們做的。」

後來天空開始大放光明，氣氛為之一變。我察覺我和神相處的時間不多了。

「愛麗絲，」我猶豫不敢發問:「我現在該怎麼辦?」

「原諒自己。把握這次恩典，散播我的意志。」

「這要怎麼做?」

「首先，你要熬過這段漂流的日子。找到其他絕望的靈魂，幫助他們。」

她站在救生艇邊緣，轉過身，但沒有移動腳步。她雙手交疊在胸前。

「等一下，」我口氣哽咽。「不要離開我。」

她笑了一下，好像我剛才說了什麼好笑的話。「我絕對不會離開你。」

聽到她這句話，我整個人崩潰了。我雙手搥打濕漉漉的救生艇底部，在那一刻完全順服。愛麗絲看我最後一眼，說了妳經常說的那句話。

「小班，人都需要有所寄託。你就把寄託放在我身上吧。」

她從救生艇邊緣跌出去，沒有任何水花濺起。我趕過去看，除了藍藍的海水，什麼也沒看到。

新聞

主播：今晚一開始，為您帶來一年多前離奇沉船的銀河號的驚人進展。以下是記者在維德角的報導。

記者：謝謝主播。上週伊利亞德號的探測機器人再度回到銀河號殘骸上，使用更小型的攝影機器人進行拍攝。這台跟烤吐司機差不多大小的機器，可以從破裂的船身進入沉船，帶回內部清晰的影像。

主播：這些影像是今天發布的嗎？

記者：沒錯。初步報告顯示「遊艇外部重複受到多次衝擊」，被撞出三個大洞。其中一個洞就裂在引擎室，導致室內進水、爆炸，加快沉船的速度。根據洞口的大小判斷，應該不是導彈，因為船身那三個洞並不符合導彈攻擊的特徵。一名學者提出假設，鯨魚群可能是事件元凶。牠們可能被船上的強烈音效干擾而受到驚嚇，有時鯨魚確實會因此攻擊船隻。加上船底漆成紅色，這種顏色可能吸引鯨魚前來。

主播：那船上的乘客呢？你有什麼發現？

記者：主播，相信你記得本台那晚拍到的畫面顯示，當時正下著暴雨，大部分賓客都在二樓的小舞廳躲雨，聽 Fashion X 的表演，爆炸就是在那時發生。根據攝影機器人回傳的畫面，許多人葬身舞廳，遺骸清晰可見。銀河號的實際乘客名單已經遺失，而船上的直升機來來回回運送賓客，所以實際死傷人數無法詳細計算。但是薩克斯頓的發言人表示：「能夠辨識的遺體數量，相當接近已知的船上人數。」

主播：所以不太可能有人逃出或倖存？

記者：看來是這樣沒錯。

尾聲

盧福勒和多比坐在吉普車裡。車停在蒙特塞拉特機場的小航廈外。一架藍白相間的螺旋槳飛機剛降落在單線跑道上。

「應該沒我的事了吧？」多比伸手開車門。

「等一下。這個應該給你。」

他打開置物箱，拿出一個塑膠袋。裡面有那本海上日誌，被撕下來的那幾頁也摺好，夾在後面。盧福勒把袋子交給多比。

多比問：「你確定要給我？」

「他是你的家人。」

多比看看那個袋子，瞇起眼睛。「我拿走這個，不會惹什麼麻煩嗎？」

「這本日誌不曾存在過，而且你從未登船，再加上失事原因並非水雷。總之，誰都沒有錯。」

「都是神的旨意，對吧？」

「大概吧。」

多比抓抓頭。「小班這個人真是搞得一團亂。但我還是把他當弟弟，我好想念他。」他頓了一下再問：「你覺得他死了嗎？」

「很難說。他可能遇到了一場暴雨，或者被鯊魚攻擊，或許到最後乾脆放棄了。靠自己一個人，沒辦法撐那麼久的。」

多比打開車門。「還有，你還是沒帶我去看尋獲救生艇的地點。」

「就是個普通海灘，就在離這裡不遠的瑪格麗塔海灣。」

多比開玩笑說：「不然下次再去好了。」

「好啊。」盧福勒打量多比的臉龐。他眼角有魚尾紋，頭髮一束束的，臉色蒼白。

他現在又換上了黑牛仔褲和靴子的打扮，準備回歸正常生活。

盧福勒說：「很抱歉之前讓你不好過。我只是想說……算了，不說了。」

多比緩緩點頭。「我們只是在悼念離開身邊的人而已，督察。」

「我叫加提。」

「加提。」多比重複一遍，笑了笑。他下車邁了一步又走回來。「說到名字，我想他那個名字（羅姆．羅許）應該就是『Rum Rosh』。」

「什麼？」

「『Rum Rosh』出自聖經詩篇，是希伯來文，意思是『使我抬起頭來的人』。這是我小時候從神父那裡學到的，愛爾蘭教會的那一套。」

盧福勒盯著他。「你的意思是？」

「那個找到救生艇的人應該在跟你開玩笑。」

多比把行李袋往肩頭一甩，走進航廈。

盧福勒開車回警局，心想著多比那些話是什麼意思。盧福勒回想他和羅姆第一次見面，他們一起去瑪格麗塔海灣。羅姆讓盧福勒自個兒檢查那艘救生艇。盧福勒每次回頭看他，他都撇開視線望著山，一副沒看過這裡的模樣。

但他一定對那個環境不陌生，不然要怎麼去警局說出尋獲地點呢？瑪格麗塔海灣交通並不方便，得把車停在瞭望區，下車走路才能到。青少年都會去海灣抽菸喝酒鬼混，因為要是看到有人來，要躲起來也很容易……

盧福勒猛踩煞車，調轉回頭。

二十分鐘後，他急急忙忙踏上那條通往海岸的小路。到了海邊，他脫下鞋子走在海水與沙灘交會處。天空中沒有雲，海水呈現土耳其藍。繞過一座高高的岩石，他看到一個長滿鬍鬚的瘦弱男子坐在遠方，雙手墊在後腦杓。碎浪打上來，接近他的腿才退去。

盧福勒走到幾呎外，那人轉過頭來。

「羅姆？」

「你好，督察。」

「很多人在找你。」

男子沒有回話。盧福勒來到他身邊蹲下。

「你到底在這座島上待了多久？」

「沒多久。」

「救生艇漂到這裡一陣子，你才來警局報案。」

「沒錯。」

「你早就料到筆記本會被我發現吧？你已經看過了。」

「沒錯。」

「你也把剩下的幾頁放在信封裡交給我。」

「沒錯。」

盧福勒問道：「為什麼呢？」

「想說可能會幫到你。」羅姆轉過身。「有嗎？」

「喔……」盧福勒嘆氣。「其實算有幫助。」他頓了一頓，端詳對方的表情。「你怎麼知道我需要幫助？」

「第一次見到你，我看到你家人的照片……你的太太還有你的女兒。我看見你眼中的痛苦，我知道照片中一定有誰已經不在了。」

盧福勒喉頭哽咽。羅姆用手把玩著地上的沙。

「督察，請問你相信這個故事嗎？」

「有部分相信。」

「哪個部分？」

「呃，我相信小班真的在救生艇上。」

「只有他嗎？」

盧福勒想了想。「不，應該不只他。」

羅姆用手指摳一下，捏出一隻小螃蟹。他抓起那隻小動物說：「你知道嗎？螃蟹在結束一生之前，總共要脫殼三十次。」羅姆望向海面。「督察，活著就是一場試煉。為了活出現在的自己，有時候必須褪下過去的身分。」

「所以你才改名字？」盧福勒追問：「改成『Rum Rosh』，引用『神使我抬起頭來』的典故？」

羅姆臉上帶著微笑，但他一直盯著別處，不看盧福勒那邊。盧福勒感覺後頸被熾熱的陽光炙曬，他盯著空曠的藍色海平面。從維德角到這座海灘，距離有數千哩。

「小班，你是怎麼辦到的？如此漫長的漂流，你獨自一人，如何熬過來？」

「我從來不是獨自一人。」

隨著時間過去，蒙特塞拉特的熱度大幅消褪。記者離去，救生艇被運到波士頓的研究室。警察局長史普拉格，發現媒體關注儘管引起大眾的好奇心，卻沒有提升島上的觀光人數，感到非常失落。

電視記者泰勒·布魯爾，憑藉他對銀河號船難的全面性報導獲得了獎項，接著就繼續鑽研其他主題了。船隻的投保公司必須理賠巨額賠償金。分析人員指出，沉船原因並非疏於維護，而是遭受巨型哺乳動物的攻擊，在脆弱的船身撞出破洞，導致引擎室發生災難性大爆炸。

得知心愛的家人葬身何處後，船難失蹤者的家屬感到心願已了。不過之後幾週，有幾位家屬收到神祕信件。奈文最小的兒子亞歷山大收到一封未署名的信件，提到他父親有多後悔當初沒有多花時間陪伴孩子。藍格哈里女士的先生巴特則是收到一個信封，裡面裝著一對耳環。

六個月之後，盧福勒和妻子派翠絲去看醫生，發現派翠絲懷孕了。「你說真的？」她眼淚潰堤，緊緊揪住丈夫。盧福勒又驚又喜，闔不攏嘴。

之後沒多久，一輛出租車開到了瑪格麗塔海灣的瞭望區，一個穿著黑牛仔褲和靴子的男子，手裡拿著一本破爛筆記本，往海邊走去。他發現另一個瘦削的男子朝他走過來。兩個人互喊對方的名字，跑了起來，最後相擁，看來像是久別重逢。

最後，只剩下海，剩下陸地，以及海與陸地之間的訊息。人之所以說故事，就是為了傳遞訊息。有時候，我們會說一些生存的故事。有時候，那些生存故事就跟神的存在一樣難以置信，但是唯有相信，才會讓故事成真。

謝辭

首先我要感謝親愛的讀者抽空閱讀我的作品。希望你們遇到的救生艇陌生人總能帶給你動力，替你指路，為你點亮光芒。

這是一部虛構作品，但是關於描寫海洋的場景，我還是力求真實，向相關人士討教。我要感謝喬安．巴納斯的傑出研究。透過她牽線，我也要感謝《航海世界》（*Cruising World*）這本雜誌的編輯馬克．皮爾斯波瑞，還有海洋活動經理Ａ．Ｊ．巴納斯。

特別感謝（真有其人的）阿里．納瑟先生。他認真閱讀本作，提供船難救援的經驗。另外，有些信仰人士雖然沒有直接提供協助，卻帶給我靈感，影響我對信仰的思考。這些人包括艾伯特．路易斯、亨利．科文頓、大衛．沃普、史提夫．林德曼、約內爾．以實瑪利。

我有一群夥伴協助我維持進度，給我發揮的空間，創造想像中的救生艇。我要感謝他們的厚愛：羅西、門鐸、凱瑞、文斯、瑞克和崔許。

一如既往，我要感謝傑出的編輯凱倫．雷納迪。她馬上熱烈回應了我的寫作構想（那時她還不知道陌生人的真實身分）。我還要感謝一直以來的經紀人兼友人大衛．布萊克。不管我在寫什麼，他都會讓我覺得我寫得很特別。

我還要感謝哈珀柯林斯出版社協助本書出版的各位：強納森．波恩罕、道格．瓊斯、莉亞．魏斯柳斯基、湯姆．霍普克、海莉．史汪森、蕾貝卡．哈蘭、薇薇安娜．莫雷諾、萊絲里．柯恩。他們非常努力讓全世界看到我的書。感謝米蘭．巴茲克再度設計出令人印象深刻的書封。

感謝布萊克事務所所有的美善人士：艾拉．祖拉．弗里德蘭、瑞秋．路德維希。感謝辦事能力一流的蘇珊．賴霍夫，將我的故事帶給全世界，也回報外界的看法給我。

特別感謝安東妮拉．伊安納雷諾，替我跟數位世界保持連結。感謝艾希莉．山博格，替我找到新方法，與各界讀者分享故事。

海地太子港有信育幼院的青少年院童最早讀到本作，謝謝他們驚人的回饋。他們永不倦怠的信仰，每天都讓我驚訝。

人的個性養成多虧了家人。我想感謝母親以拉和父親羅達。這是我第一本他倆都無緣目睹的作品，多少令人感傷。我想要感謝姊姊卡拉、弟弟彼得、我的姻親、表親，還有可愛的姪子與外甥，以及岳父東尼、岳母莫琳。

故事寫到最後，總要獻給最愛的人。我永遠要在我寫的故事結尾感謝潔寧。

國家圖書館出版品預行編目資料

救生艇上的陌生人／米奇．艾爾邦（Mitch Albom）著；
吳品儒譯. -- 初版. -- 臺北市：大塊文化出版股份有限公
司, 2023.01
296面；14.8×20公分. --（mark；177）
譯自：The stranger in the lifeboat.
ISBN 978-626-7206-57-7（平裝）

874.57　　　　　　　　111020291